U0926733

中国新锐派
作家作品文库

# 向着太阳的方向奔跑

【谭艳梅长篇小说作品】

谭艳梅◎著

中国财富出版社

**图书在版编目(CIP)数据**

向着太阳的方向奔跑/谭艳梅著.—北京:中国财富出版社,2018.12
(中国新锐派作家作品文库)
ISBN 978-7-5047-6823-0

Ⅰ.①向… Ⅱ.①谭… Ⅲ.①长篇小说-中国-当代 Ⅳ.①I247.5

中国版本图书馆CIP数据核字(2018)第276341号

**策划编辑** 张彩霞　**责任编辑** 齐惠民 李小红
**责任印制** 梁 凡 郭紫楠　**责任校对** 卓闪闪　**责任发行** 张红燕

---

**出版发行** 中国财富出版社
**社　址** 北京市丰台区南四环西路188号5区20楼　**邮政编码** 100070
**电　话** 010-52227588转2048/2028(发行部)010-52227588转321(总编室)
010-52227588转100(读者服务部) 010-52227588转305(质检部)
**网　址** http://www.cfpress.com.cn
**经　销** 新华书店
**印　刷** 三河市嵩川印刷有限公司
**书　号** ISBN 978-7-5047-6823-0/I·0288
**开　本** 710mm×1000mm 1/16　**版　次** 2019年6月第1版
**印　张** 13.5　**印　次** 2019年6月第1次印刷
**字　数** 194千字　**定　价** 40.00元

---

# 目　录


引　子 …… 1
第一章　父母离婚 …… 4
第二章　父母曾经的爱情 …… 12
第三章　父亲救美 …… 18
第四章　母亲北上 …… 22
第五章　父亲跳河 …… 26
第六章　奶奶去世 …… 34
第七章　魂归花鼓戏 …… 40
第八章　打架 …… 43
第九章　豆豆 …… 48
第十章　虎伢仔 …… 51
第十一章　蔡婆 …… 56
第十二章　爷爷的菜园子 …… 61
第十三章　爷爷的转变 …… 66
第十四章　偷牛贼 …… 71
第十五章　爷爷的养鸡场 …… 76
第十六章　豆豆的家事 …… 82
第十七章　城市里来的爱心志愿者 …… 89
第十八章　营救猫咪 …… 93
第十九章　义卖报纸 …… 97
第二十章　讲神话的老太婆 …… 103

第二十一章　山歌王子…………………………………………………………… 110
第二十二章　白鹭…………………………………………………………………… 114
第二十三章　野猪…………………………………………………………………… 117
第二十四章　打牌的邻居奶奶……………………………………………………… 122
第二十五章　二柱傻子……………………………………………………………… 126
第二十六章　重男轻女……………………………………………………………… 129
第二十七章　网络骗子……………………………………………………………… 133
第二十八章　“彩票”　…………………………………………………………… 139
第二十九章　大火…………………………………………………………………… 144
第三十章　修路……………………………………………………………………… 148
第三十一章　水中救人……………………………………………………………… 152
第三十二章　父亲醉酒……………………………………………………………… 159
第三十三章　逃学…………………………………………………………………… 162
第三十四章　智斗人贩子…………………………………………………………… 165
第三十五章　冰糖葫芦……………………………………………………………… 172
第三十六章　水库…………………………………………………………………… 179
第三十七章　抓野兔………………………………………………………………… 183
第三十八章　探秘山洞（上）　…………………………………………………… 186
第三十九章　探秘山洞（下）　…………………………………………………… 192
第四十章　向着太阳的方向奔跑…………………………………………………… 197
第四十一章　父亲受伤……………………………………………………………… 205
第四十二章　尾声…………………………………………………………………… 208

# 引　子

“杰杰，杰杰……快回家，你妈妈受伤了，正准备送医院呢!”

“什么?!”

那天下午四点多，他正与同学走在放学回家的路上，同村的一个远房堂伯母远远地高声呼唤他。听了伯母的话，他的心猛地往下一沉，本在边玩边走的他撒腿就往家飞奔。跟他一起走的几位同学也追着他跑，可就是怎么也赶不上。

当他赶回到那个有着三层小洋楼和一个小花园的自家院子里时，母亲已经被村里的几个人抬上了一辆面包车。院子里有许多人，有的大声嚷着，有的交头接耳，有的在静静地看着……堂屋里也有许多人……他瞥见父亲那辆黑色的奔驰车正安静地停在一旁。

他径直走上了面包车，没有理会任何人。

母亲安静地躺在靠车门边的那排座位上，她身下铺的是一块蓝色碎花床单。她头歪着，枕在一个沙发靠垫上，靠垫上是一块粉色的带血迹的毛巾，旁边有几张带血迹的白色卫生纸。母亲一头黑色的卷发凌乱地垂在一旁，发间发梢有明显的凝固了的血块。母亲的眼睛微闭着，平静的脸比平时苍白了些，嘴唇干裂，她的衣服上有许多的泥巴和鞋印，脚光着蜷缩在车里另加的那条塑料板凳上……

他没有喊母亲，只是静静地蹲在她的旁边。

也许是闻到了他的气息，母亲在他蹲下的那一刻睁开了眼睛——她的眼睛里布满了血丝——她咧开嘴对他微笑了一下，轻轻说了声：“杰杰，放学了啊，你别蹲着，会不舒服的，坐板凳上吧……”母亲边说边把她伸在塑料板凳上的脚蜷缩了起来。

听了母亲的话，他的眼泪无声地流了下来。母亲伸手帮他擦掉眼泪，说："杰杰，妈妈没事，真的没事，你放心！"母亲不说还好，一说，他的眼泪居然如断线的珠子不断滴落在母亲帮他擦眼泪的手上。母亲布满了血丝的眼睛显得越发红了。

他没动，没听母亲的话。他想多蹲一会儿，这样离母亲更近些，看母亲也看得更清晰些。他记得他上小学以前最喜欢的就是坐在母亲的腿上，然后把头靠在她的胸前，感受她心脏有节奏的跳动……现在是个大男孩了，遇到激动的事时，他最多也就是轻轻地抱一下母亲，然后马上离开，不过母亲还是喜欢一把搂住他，搂得紧紧的，然后在他额头上猛地亲一下……这会儿，他甚至能听得到母亲心脏跳动的声音。他能感知到母亲的整个身体乃至她的心都是疼的。

母亲握了握他的手，又摸了摸他的头，接着轻轻拍了拍他的小胸脯，然后又闭上了双眼。

"杰杰，你爸爸还躺在你家沙发上耍酒疯呢，还扬言要把你也揍扁，然后赶出家门，你爷爷奶奶正在那里给他灌醒酒汤……"快言快语的堂婶桃花半倚在车门上，一下就给他说了一大堆消息，全然不顾身旁使劲给她使眼色的丈夫明煦。

"杰杰，你回来啦……"这时，奶奶走过来，她爬上面包车，把手中的小被子盖到母亲的身上。

"杰杰，你与我一起坐后面吧。"奶奶拉了拉他的手说。

"不，我要跟妈妈在一起。"他松开了奶奶拉着他的手。

奶奶无奈地摇了摇头，只得自己坐在车座后排，堂婶也上了车，坐到副驾驶的座位上。

"杰杰，那你坐在小凳子上吧。"妈妈把伸在塑料板凳上的脚又往里头挪了挪，说。

他起身坐到塑料板凳上，没说话，只是轻轻抬起母亲的双脚，把它们放到自己的双膝上，他说："妈妈，这样你会舒服些的。"

他没听到母亲说话，却听到母亲轻轻地叹息了一声。

堂叔明煦坐进了面包车的驾驶室，插上车钥匙启动了车，对车外的众人说了句“我们走了啊”，然后就将车开出了院子，朝市人民医院的方向驶去……

“静，真的是对不起了，今天这事儿，都是我的错，刚才你爸还打了明晖几巴掌呢，回家后我还要好好教训教训他。”奶奶双手紧抓着前排的车座，把头伸进两个车座靠背的缝隙对着儿媳说。

“妈，没事，不怪你。他喝多了酒。是我不会躲。”母亲小声说，眼睛仍然轻轻地闭着。

“你看，你看，多好的媳妇哦，明晖他真是瞎了眼，黑了心了……”奶奶对着前排的桃花和明煦说，口气中尽是对自己儿子的愤怒。

“奶奶，别说了，我妈妈的伤口很疼的，让她休息一下，好吗?”他的语气中带着恳求。

听了他的话，奶奶叹了口气，不再说话。

面包车在新修的水泥公路上前进，路两旁的树木与房屋在快速地倒退着。

# 第一章　父母离婚

“你们怎么连最简单的清洗与包扎也不给她弄一下啊？看，伤口周边的头发上全都是凝固的血块，现在一点都不好清洗了，要是感染了破伤风，病人就更受罪了。”母亲一被送进急诊室，值班的医生就开始责备奶奶与堂叔堂婶。

“我们村的医生正好去镇上开会了，我们又不懂，害怕弄得不好，反而……所以……”奶奶脸上满是尴尬与惶恐，不知道如何说才好。

对头上的伤口做了清洗、缝合、包扎等相关处理后，医生又对全身做了一些相关检查，然后才把母亲送进了病房。除了头上的长伤口，母亲还有轻度脑震荡，且身上有多处淤青，还好只是肌肉软组织受损，没有伤及内脏与筋骨。但是因为伤口没有得到及时的处理，失血过多，得在医院输血并做适当的调理。母亲的命真大。

母亲头上的伤口大概五厘米那么长，是被父亲醉酒归家后随手拿起身边的木凳砸的。那时父亲使劲敲门，声大如雷，母亲给他开门后，对他说了句“怎么又喝醉了？敲这么大声干吗？”然后伸手准备扶他进屋，而父亲却冲母亲大吼一声“滚开！”一下就把她的手推开，母亲没站稳，后退几步后坐到了地上。看着倒在地上的母亲，父亲好像没推过瘾一样，又顺手拿起旁边的实木板凳朝正准备爬起来的母亲扔去，而凳角正好砸中了母亲的后脑勺。母亲被板凳砸晕后倒在地上，头上的血一小股一小股地流出来……

“妈妈，你离开我那个破爸爸吧！我早就看他不顺眼了，你不要再与他在一起了！”看着母亲的样子，此时的我恨父亲恨得牙根儿痒，我多想事发时自己就在旁边，然后帮助母亲把父亲揍一顿……当时父亲回家时已过中午，爷爷奶奶到地里干活儿去了，而母亲正在家里帮我清洗前几天穿脏了的球鞋……要不是奶奶心慌个不停一定要回家看看有没有什么事情发生，不幸的母亲可能就要等我回家才能被发现已经晕倒在了血泊里。

爷爷奶奶进屋时，发现父亲正歪躺在沙发上打鼾，领带松松垮垮地斜挂在脖子上。父亲的鼾声震天响，恐怕连屋顶上积存的灰尘都要被他的鼾声震飞了，而母亲静静地躺在地板上，头下的地板上有摊还没完全凝固的血，身上到处是鞋印——外面刚下过雨，满是泥泞，父亲的鞋上满是泥污，不知道他是在哪里喝醉后才开车回来的，还好，没有在外面闯祸。奶奶撩起母亲的衣服看了看，发现她的身上到处都是青一块紫一块的……看来是父亲在母亲晕倒后又不知道在她的身上踢了多少脚。中间她也许被踢醒过，也许被踢醒后又晕过去了，可是她现在已经完全不记得了。他对她到底有多大的怨恨，才下这样的狠手！

爷爷看看母亲，再看看父亲，一下子就火冒三丈，挥起紧握的拳头朝父亲砸去……在拳头快挨着父亲的脸时，他的身子就被奶奶死死抱住了："死老头子，你没看见明晖喝醉了正睡着吗？你现在打他有什么用呢？我们现在最要紧的是快找人帮忙把静送到医院去！"

"明晖就是被你这死老婆子惯坏的，从小就这样！我要打他你都挡着！"爷爷收回了拳头，掏出手机后气冲冲地走到院子里打电话去了……看着爷爷走出去的背影，奶奶捂着疼痛不已的胸口，眼含着泪水踉跄地走向了她放药的抽屉。

"孩子，你说的是让我与你爸爸离婚？——我们离婚，那你跟谁呢？"母亲眼神迷离。

"妈妈，我当然是跟您了。我才不跟爸爸那个大坏蛋呢！哼！"我心中满是愤怒，感觉快要气炸了。一想起父亲对母亲所做的事，我就控制不了自己的情绪。

"好吧，都过去了，你别再那么激动了，一切都会过去的。以前给他那么多机会，他都不改，这次我也想通了，出院后就跟他提离婚，我尽量争取到你的抚养权。不过，你爷爷奶奶就你一个孙子，恐怕……”母亲握着我的手，又摸了摸我的头，接着轻轻地拍了拍我的小胸脯。

握手、摸头、拍胸……这一连串的小动作是每当我情绪波动，母亲安慰我时必做的。我都不记得是从什么时候开始，母亲就已经开始用这套动作安抚我，总之，只要母亲对我做这几个动作，我再愤怒、再激动的心也会在极短的时间内平缓下来。

“妈妈，我以后当您的小尾巴，处处跟着您，看那坏蛋还怎么欺侮您！”我的心情有所平复后，认真地对母亲说。

“嗯，好孩子。不过，你现在的主要任务是学习。不要太担心妈妈，妈妈以后一定学会好好保护自己。”母亲给了我一个肯定的眼神。

母亲受伤住院后，在医院里待了半个月，父亲都没有来看她一眼。母亲对他真是彻底失望了。

出院回到家中的那一天，正值黄昏晚饭时间，而父亲又出去了。晚饭还没开始，我正趴在饭桌上做作业。一进屋，母亲赶紧到厨房帮奶奶择菜。

“静，你刚出院，身体还没完全恢复呢，快到沙发上休息吧！这里就不要你帮忙了！”奶奶再三推让，不要母亲帮忙。

“妈，我好了。”母亲不听奶奶的劝告，坚持在厨房帮忙，奶奶只好作罢。

“杰杰，赶紧把作业做完，马上吃饭了。”奶奶在厨房冲我喊。

“好的，奶奶，我只有一道算术题了，马上完成。”我眼皮也不抬一下就应了奶奶一声，手中的笔一直在作业本上写个不停。很快，我就把作业做完了，然后把书本文具都收拾进了书包，把那张铺在餐桌上的废旧报纸也拿下来放到了一边。

自从我上学开始，因为这边没有我专门做作业用的书桌，所以，只要来奶奶屋里做作业我都会拿张废报纸放在餐桌上，以防桌上的油污弄脏了书本。这是母亲教我养成的好习惯。母亲曾说，书本就像自己穿的衣服，一定要干净整洁。它们也像自己的手和脸，不能让人看着脏兮兮的。

我想到了那天母亲被醉酒的父亲打得昏倒，直到爷爷奶奶回到家硬把她叫醒后，她做的第一件事就是在奶奶的帮助下，费力爬起来硬撑着软绵绵的身子到洗漱间洗脸洗手。本想去卧室换衣服的，可是实在是没力气换了，然后她就被风风火火赶来的桃花婶扶上了面包车，说去医院检查清理了再换，她只好作罢。

饭菜很快就上了桌。有红枣炖乌鸡、红烧辣排骨、糖醋鱼，还有一盘青菜小炒。这些菜，因为我喜欢吃，奶奶近几年才学会做的。而当只有她与爷爷两个人时，奶奶一顿最多只做一道这样的青菜。

“奶奶，今天怎么这么多的好菜啊……咳！咳！”我拿着筷子迫不及待地夹了一块排骨送往嘴里，然后边吃边问，可是不知怎么的，排骨上的细辣椒末把我呛了一下。

“唉，说过多少次让你吃饭不要说话，就是记不住，你看，现在不是被呛了吗？”爷爷端着半杯酒从厨房出来，看我手捂着嘴咳嗽的狼狈样子说。“你妈妈不是刚出院嘛，身体还没完全恢复，需要好好补补。所以你奶奶就做了这么多菜。”

爷爷喜欢喝酒，每天三餐都必须喝，要不一整天浑身都没劲儿，但他从不多喝，每次最多喝半杯，而且喝酒时，都是小口小口地品。他说要慢慢品，才能品出酒真正的味儿来。

爷爷吃饭时除了每顿要喝酒，还要吃四碗饭。不过，他的每碗饭都只是用勺子舀一勺米饭，不管这勺是多是少，从不多用勺子再在饭锅中多舀一粒米。他总对外人说，他能吃四碗饭。“快七十岁的人了，还能吃四碗饭，真是了不起！年轻人都比不上呢！”外人总是这么夸他。要是说这话时，正值奶奶在旁边，奶奶就会抿嘴笑，她的眼睛都会笑得眯成两条缝，就像两道弯弯的月亮。

爷爷在桌旁坐定后，奶奶与母亲也相继从厨房出来坐下吃饭了。

“静，来，吃块鸡肉。”奶奶夹了一只鸡腿放到母亲碗里。母亲赶紧用碗接住，然后又顺手夹给了奶奶。

“这不，还有一只呢！这只给杰杰吃。”奶奶把碗里的鸡腿夹给了我，又夹了一只鸡腿放到了母亲碗里，母亲又转手夹到了爷爷碗里。

“爸、妈，你们都辛苦了！这段时间我住院，家里的事没少让您二老费心，家里医院两头跑，还得照顾杰杰。”母亲阻止了爷爷想把鸡腿又夹回她碗里的举动。“今天妈做了好多好吃的呢，哪样都是好东西，我们都别让了。您二老以后要多保重身子。别只顾别人忘了自己。”

“老头子，你看，多好的儿媳妇啊。明晖……他真是瞎了眼……”奶奶眼睛一下就红了，声音也有些哽咽。

“老婆子，吃饭呢，好好的，你提明晖那臭崽子干什么？有事以后再说不行吗?”爷爷瞪了奶奶一眼，声音有些重，说，“吃饭，什么也不要说了，静今天刚出院呢!”

“好，好，好，吃饭！静，杰杰，吃饭……”奶奶用袖子抹了一下双眼，然后又给我夹了些排骨和鱼，自己才开始吃起来。

接下来，大家都闷头吃饭。

这顿饭，我吃得差点撑破了肚皮。我摸着圆圆鼓鼓的肚子，直打饱嗝，不得不把腰带松了松，然后对奶奶说：“奶奶，今天的饭菜真是太好吃了。您以后天天这样做给我吃吧。”

“好，只要我的宝贝孙子喜欢，以后我天天这样做给你吃。”奶奶边扫地边回答，那时，母亲正在收拾饭桌上的剩菜。

“要不是你奶奶天天做好饭好菜给你吃，你哪会长这么壮实啊?!”母亲露出了这半月以来的第一抹微笑。

“嗯，我们家杰杰就是壮实，以后长得肯定比他爸爸还要高大，看他爸爸一米八的个头儿……”奶奶突然停住不说了，脸上又露出了尴尬的神情。我发现，坐在沙发上喝茶的爷爷正向奶奶撇嘴瞪眼呢。

收拾完桌子后，母亲坐在沙发旁边的凳子上，眼睛盯着电视机，但好像心不在焉，一副欲言又止的样子。

电视里正播放着动画片，是我选的。只要我在屋里，爷爷奶奶从来都不与我抢电视机。哪怕到了他们最喜欢看的节目的播放时间。

“我爸爸妈妈离婚了，以后我就只能跟着爷爷奶奶过了……”电视里突然蹦出这样一句台词，把客厅里的四个人都吓了一大跳。我们都不约而同地互相看了看，我更是为这句突然的话感到不知所措，好像自己有罪似的。那时，屋子里显得异常安静，只剩动画片里那个在向伙伴们边哭边诉苦的动画小子的声音。

“你选的什么破台，杰杰？”爷爷突然闷声发问。

“我……”听到爷爷突然发话，我的心里猛地一堵，正想向爷爷解释，可是我话还没说出口，就听见了母亲的声音。

“爸，妈，我想了很久了……我……我决定与明晖离婚！”母亲终于鼓起勇气说出了那句心中酝酿了至少半个月的话。

听了母亲的话，我盯着电视机的眼睛移向了爷爷奶奶。

“离——离婚？”爷爷奶奶异口同声地又像不太相信似的说出了他们那一代人恐怕一辈子也难以启齿的那两个字。

“是的，爸、妈。我决定与杰杰他爸离婚。”这回，母亲的口气异常坚定。

“为什么啊？离婚可不是一件小事呢。”过了不知道多久，爷爷端着桌上的茶杯慢慢地抿了一口茶，就像喝酒时一样。他陷入了沉思。

“明晖是有错，他不应该喝醉酒，不应该打你，不应该赌博，不应该在外面找女人……可是我们一直在劝他、教训他呢，他很快就会变好的。”沉默了不知道多久的奶奶，突然像机关枪一样说个不停。她真的很害怕失去这个好儿媳。“要是没有你，我们家不会这么快好起来的，也不会盖起这么大这么好的房子。何况离婚对杰杰也不好，是不？杰杰只有十一岁。”奶奶看了看假装在看电视、好像对他们说的话漠不关心的我。

“妈，谢谢您和爸这么多年对我的关心。自我进入这个家，二老都把我当女儿一样看待，可是这回真的对不起了。二老也知道，这结局不是一件两件事就能导致的，也不是我忍让就能平安无事的。我这样做，是为了我好他更好吧。另外，如果二老同意，杰杰跟我一起过，可以吗?”母亲的心情看起来很平静，这些话，在这些天里，她在心中不知道练习过多少遍。

当母亲说到要我跟她一起过的话时，爷爷与奶奶互相对视了一眼。

“如果你执意要离婚的话，我和你爸同意，但是杰杰不能跟你，当然，杰杰——也不跟明晖。”奶奶低头扯了扯自己的衣角无奈地说。

“那我跟谁呢，奶奶?”听到关于我跟谁的问题，我再也不假装漠不关心了，而是迫不及待地问。

“你跟我和你奶奶。”爷爷接过我的话头声音含糊地说。看来他口中的茶还没有咽下呢。

“我不跟你们，我要跟妈妈!”我急着说，声音中全是对爷爷的话的不满。

“你不能跟你妈，就不能跟你妈。”这回爷爷说话一点也不拖泥带水。他也不管他的宝贝孙子是否接受得了。

“不，我就要跟我妈妈。”听完爷爷没有商量余地的话，我急得快哭了起来。

“杰杰，要你跟着我们，是因为你妈妈一个人带着你不方便又不安全，是吧，静?”奶奶说话时脸虽朝着我，但我还是看见她的眼睛对着母亲的方向眨了眨。

“嗯。杰杰，你先跟着爷爷奶奶吧。妈妈现在带你走确实有些不方便和不安全。等妈妈安定下来了，就来接你过去。你现在不是还要上学嘛，对吧?”看来爷爷奶奶是不会放我跟母亲走了。母亲为了让我安下心来跟着爷爷奶奶，只有这样劝我。

爷爷奶奶一辈子就生了父亲一个孩子，而父亲母亲现在又只生了我一个孩子。作为出生于二十世纪四十年代末的农民，爷爷奶奶骨子里传宗接代的观念还是相当严重的。如果母亲把我带走了，他们是有后顾之忧的，那就是害怕母亲给我改名换姓。虽然母亲这个儿媳妇现在看起来很好，但是与儿子离婚之后就难说了。解除后顾之忧唯一的办法当然就是把我留在他们自己身边了。聪明的母亲早就想到了这点，她提出想把我留在身边也只是试试运气罢了。不过，话又说回来，即使爷爷奶奶同意我跟着她，她也只能先带着我回姥姥家。更何况，我马上就要升初中了，换一个学校对我来说未必是好事。

“好吧，妈妈。那我等你先安定下来吧。我绝不拖累你。”刚才还固执地要跟母亲的我听了母亲的话后也就想通了。我很懂事地说不拖累母亲，可是谁知道我当时是多想时时刻刻和母亲在一起啊。

第二天，母亲和父亲就去镇政府办了离婚手续。母亲同意离婚，父亲是巴不得这样的。与母亲离婚，是父亲至少一年来的想法了，只是碍于爷爷奶奶的阻拦，再加上母亲没有明确表态，一直拖延到了现在。终于离婚了，父亲应该非常高兴，而另外一个人也应该非常高兴。

与母亲离婚后，父亲也没有太绝情，他邀请母亲一起清算了一下自家的财产——家里那幢三层别墅和那辆开了近三年的奔驰车归父亲和爷爷奶奶，市区那套还未装修的三居室归母亲，另外还从他的个人银行账户中转给了母亲二十万元。

市区那套三居室的新房本来是等装修好后，我去市区上初中用的。我还曾对同学说过下一年我就要去市区最好的学校上学了呢。可是父亲急于与母亲离婚，看来我去市区上学的希望成了泡影。

# 第二章　父母曾经的爱情

如今，母亲并没有流下多少眼泪，虽然对这个家有许多的不舍，特别是对我的牵挂。可是她看透了父亲的心思。要说那天父亲醉酒后打她是糊涂账，可是以前的许多次呢？最近一年多以来，父亲总是无缘无故地挑母亲的刺，然后借机对她拳脚相加。

父亲以前可不是这样的。自他与母亲相识以来，从来都是温柔至极，平时连重话都不对母亲说半句，更别说是又打又骂了。难道人们说的“男人都喜新厌旧”是真的？

以前，我总会问母亲，她与父亲是怎么相识的。母亲也会经常回忆起以前和父亲在一起的点点滴滴。

高中毕业的那年暑假，她高考落榜，也因家中兄妹多，为减轻父母负担，她没有再考，打算过完暑假就与同学出去打工赚钱。正逢她县城舅舅家的表哥结婚，表哥邀请她去帮忙。在喜宴上，同桌有一个帅气的男孩从她坐到桌边开始到宴会结束，就一直在有意无意地打量她。那男孩满眼透着光彩，而且不仅眼睛，简直所有的五官都是亮亮的，整个人看起来特别有精神。宴会后她偷偷地问表哥那男孩是谁，表哥告诉他那是他舅家的儿子，也就是表哥的表弟，刚从技校毕业回来。后来经表哥的撮合，没多久，他俩就走在了一起，人家都说他俩是郎才女貌，天造地设的一对儿。

婚后他俩也特别恩爱，经常手牵手漫步在乡间的青石板路上，听鸟鸣，听虫叫，看树上的鸟儿嬉戏，看天边的云聚云散……偶尔，他也会摘朵路边的漂亮小花别在她的发间，然后直直地看上半天，说：“静，你真美！”然后，她双颊绯红，像映上了彩霞，整个人快乐得像天地间自由飞翔的小燕子……

那个时候，他只是某建筑工地上的一个泥瓦匠，天天得早出晚归，很辛苦，干的尽是和泥垒墙的体力活儿，而她，就在工地旁边的出租屋内给他生火做饭。每每快到吃饭时间，她做好饭菜后在小屋门口望眼欲穿，而他也恨不得变成一只鸟儿一下就飞奔到她的身旁，吃她做的香喷喷的可口饭菜。而她则温柔娴静地坐在一旁，端着碗慢慢地用筷子扒拉着碗中的饭粒，看着他狼吞虎咽地吃饭咽菜，平时看不到的、她脸上的两个浅浅的小酒窝，这时会满心欢喜地钻出来。他吃完一碗，她马上放下自己的碗筷，接过他的碗，然后再给他盛上一碗，他吃完一碗，她就再给他盛一碗……他每顿都能吃四碗，与他父亲一样，不过他的四碗是实实在在的饭粒满沿并堆成小山一样的四大碗，而他父亲的四碗只是做做样子。而我，就是他俩那个时候爱情和美的结晶。

他经常会带一些在工地上认识的朋友伙计回他们的出租屋，她总是拿出她的全部手艺做出最好吃的饭菜招待他的兄弟朋友。每次，酒足饭饱后，他们都会对她伸出大拇指，夸她的厨艺好极了，简直比五星级酒店的大厨手艺还高。

在工地上干了一年又苦又累的泥工后，由于技术扎实娴熟、为人勤快，他很快被提升为工地小组长。当小组长不到半年，他在她的建议下，自己出去单独承包诸如泥工和粉刷之类的活计。在工作之余，他与她还一起学会了看建筑图纸和用电脑制图软件制作建筑图，他们还手牵手、肩并肩一起去上夜校，望着遥远的星空，憧憬着美好的未来……又两年之后，他在她的鼓励下，用他们的积蓄和向亲友借来的钱成立了一家建筑装潢公司——他居然能独自承包下一幢十来层楼的工程了。从打地基到钢筋装模，到砌墙，到安装水电，到室内室外装修……差不多建房所有的活儿，他都能揽下来了。当年与他一起在建筑工地做工的伙伴们十有八九都成了他的铁杆儿部下。当有人夸他时，他总是说少不了她的功劳。他说她是他的丞相，他的参谋，他的诸葛亮。

婚后第三年，为了出行、工作更方便，他们买了属于自己的第一辆车——一辆黑色的别克。第四年，他们开始在老家建小洋楼。洋楼的构造完全是他们自己设计出来的。哪里朝阳，哪里是厨房，哪里当客厅，哪里当卧室……他们都进行了精心的设计，设计图完全根据大城市最先进的住房设计理念来构图。

她一直是他的贤内助，也一直是他的副手。她每天都会比他早起，替他准备好当天要穿的衣服，当天要带的文件与材料，替他做好早餐。晚上他看电视、玩游戏、放松心情时，她总是在旁边帮他熨衣服，帮他画图、改图、打印相关文件资料。有时候他忙不过来时，她会代替他去招标工程，也会代替他去谈判。他有个缺点，总是会丢三落四，有时候快到开会时间了，他才发现当天有重要的资料落家里了，于是打电话让她赶紧送来……

一年后，房子建好装修好了，他们一家人住进了村里最好的房子，许多人都眼红极了。许多的老人都这样教育孩子："以后要学明晖，像他一样娶个好媳妇，赚大钱……"

然后，他们把别克车换成了大奔车，接着他们又在市区买了一套新房，只等着装修好后搬进去，然后让我去城市里接受最好的教育。

可是不知道从何时开始，她开始闲了起来。她不用画图了，也不用早起给他做早餐了，给他熨好的衣服一直放在那里几天都没动，她也不用突然间着急忙慌地给他送资料了……他开始几天都不着家，甚至几天都不主动给她打个电话。她给他打电话，他都没好气地接听，开始还敷衍一下说"正忙着呢！有事回家再说"，然后不容她说一个字，就挂了电话，后来只要看见是她的电话，干脆一挂了之。

一天，村里有个年轻小伙子回来，这小伙子对大家说他看见他领了一位年轻漂亮的姑娘从市区一家高档酒店出来……于是，村里慢慢有了传言，说他在外面有了别的女人，那女人要多美就有多美，她这个糟糠之妻迟早会被甩。

市区离家只有半个小时的车程，以前不管多晚，他都会开车回家的。他说："只要到家了，所有的烦恼与疲惫都会烟消云散。家是他放松的港湾，是他每天最想去的地方。"想想以前，想想现在，她已经意识到他的变化了。难道他真的变了心，另找他人了？她的心开始慌乱起来。

有人与她说，现在的男人要是变了心，翻脸比翻书都快，尽管别人这么说，她还是带着些许侥幸，希望他的男人不是这样的人。

一天，她在家实在待不住了，就坐车去了他市区办公的地方。在他的办公室里，她一个人也没有看到。但是在办公室那个长条真皮沙发上，她看到了几根长头发。长头发？难道真的如传言的那样？她一愣，不过转而想，可能是女客户坐在沙发上不小心留下的。然后她又去了工地。工地上的工友们都说不知道老板去了哪里。他的电话一直处于忙碌状态，于是，她返回办公室坐在他的办公椅上等，从上午十点一直等到下午四点，也没有见到他的人影。

她在失望中准备起身回家时，办公室的楼下传来了那熟悉的停车声，那是他开着大奔回来了。她匆忙起身，办公桌上盛有半杯水的杯子被她的手臂碰撞后，往地上掉去，不过，她像杂耍演员一样在自己的惊呼声中摇摇晃晃地接住了那易碎的玻璃杯——杯子里的水居然丝毫没有洒出来。把杯子放稳后，她跑到阳台上，低头正看到他从驾驶室出来，也看到了副驾驶座上坐着的那位年轻的、貌美如花的时髦女子。只见他绕过车头，走到副驾驶座的门边，绅士般地帮那女子打开了车门。那女子把手里的淡黄色挎包递给他，接着又把一只青葱玉手也递给了他，然后把穿着淡黄色七寸高跟鞋的双脚伸到了地上……一头乌黑的波浪形长发自然地披在肩上、背上，精致端庄的五官，一条漂亮的明黄色的短裙恰当地勾勒出了她修长又性感的S型身材……这，这人和年轻时候的自己竟然如此相似，她看呆了！

他的办公室在三楼。他好像意识到楼上有人在看他们，然后抬起头来……他手中拿着的包突然就掉到了地上，拉着那女子的手也松开了……

当她的双眼还在呆呆地看着楼下时，她的身后已经站了两个人。

“静，你什么时候来的？来也不先给我打个电话。我好去接你嘛。”于她，他毕竟是男人，能一顿吃四碗饭、两大碗菜的大男人，所以调整身心、适应环境的能力还是比她这个腰围只有一尺九、身高只有一米六的女子要强大得多。

“嫂子好！”他身后站着的不知所措的年轻女子轻轻地说道，她的声音有些颤抖，但却美妙动听。

“这是菁菁，我们公司新聘任的秘书。为了减轻你的负担，我给我们公司新聘了一个秘书。不好意思，因为事情急，还没来得及告诉你。”

他有些不自然地对她说。

“哦，是秘书啊？真漂亮。”她回过神来，恢复了她一贯大方的本色。

“菁菁是省科大土木工程系毕业的。有她的加盟，以后咱们公司的项目会越来越好做的。”他自豪地说。

“省科大土木工程系的女才子，到我们这种小公司来当秘书真是屈才了。”她微笑地对菁菁点点头。

“嫂子您别这样说，我才刚毕业，许多事情都没经历过呢，以后还请您多多指教！”菁菁谦虚地说。

“走吧，这走廊上太阳晒，我们去办公室说……”他先带头走进了办公室。两个女人也跟着走了进去。然后他坐在了他的办公椅上，菁菁坐在了长沙发一头，她给他们两人都倒了杯水，然后坐到了长沙发的另一头。

有好长一段时间，屋子里静得只剩喝水声，甚至连他们三人的呼吸声都清晰可闻。

“嫂子您怎么不喝水呢？我给您倒杯水去……”菁菁起身准备倒水，她赶忙拦住。

“不用了，我上午就来了，在这儿喝了快一天的水了。”她微笑着说。

“菁菁，你把我们明天要招标项目的文件再整理一下，我和你嫂子出去散个步。”他适时讲，“静，来，我们出去走走……”

一出办公室的门，他就给她讲起了他与菁菁的事情。

# 第三章　父亲救美

那天晚上十点多陪一个客户商谈完事情后，父亲从餐馆出来开车回家，当经过一条城乡接合部的僻静小巷时，他突然听到有轻轻的呼救声透过车窗玻璃传进他的耳朵。喜打抱不平的他赶紧把车停靠在路边，然后坐在车内静静地听，寻找呼救声的来源。有差不多一分钟，周围一片寂静。当他以为刚才是自己的错觉，想启动发动机离开时，当脚刚放油门上，他又听到了呼救声。他干脆推开车门下了车。

当推开车门的那一刹那，外面的热浪像狂风一样扑来，让父亲有种想坐回空调车内的打算。但想到可能有人遇到了麻烦，他关了车门，站在了车门边屏气静听。

“救命啊……”这回父亲清晰地听到有压抑的女声从马路对面的小巷子里传来。

“也许是有人遭绑架了。”父亲转过身，然后快速地穿过车辆稀少的马路，往巷子深处跑去。他害怕他晚去一步，受害人受到更大的伤害。

这是一条废弃了的巷子。两边都是低矮的棚户房。因为市区扩建，这里的房子全部被征收了，只等着推翻改建高楼大厦了。这里的居民也大多早已搬进政府给他们盖的新居去了。还在里面住的，是几户不满意政府补偿款的钉子户和一些无家可归的流浪者。

当父亲气喘吁吁地跑到巷子的中间时，他看到有两个黑影迅速离开，然后消失在巷子拐弯儿的地方。

还有个黑影在墙边“啊啊啊”地呜咽着。走到黑影旁边时，父亲停了下来。他看到黑影原来是个长头发的女孩。女孩头发蓬乱，歪斜着坐在地上，她的嘴里被塞满了白色的卫生纸，双手被一根破绳反绑在后面。

父亲把女孩嘴里的纸拿掉，然后边帮她解绳边问她怎么回事。

女孩先对父亲连续说了几声“谢谢”，感谢他救了她的命，然后说她是省科大刚毕业的学生，在旁边新建的小区里帮人做家教。刚才骑自行车经过这小巷口时，被两个陌生的男人挡住拽下了车，然后被捂住嘴反绑着拉这儿来了。她试着反抗喊出了几声“救命”。要不是他听到呼救声来得及时，她现在不知道被那两个人弄到什么地方去了……

“你怎么不找个伴儿一起来呢?”父亲责备似的说，好像女孩是他的亲人一样。

“本来每次都有个同学一起来的，但今天她临时有事，我只好一人来了，也没想到会碰到这倒霉事，以前有好多次都是一人来的，也没事。”女孩委屈地向父亲解释，好像他就是她的亲哥哥一样。

“好吧，我们报警?”父亲询问地说。

“行。报警后让警察抓住那些坏人，警醒其他人注意。”女孩想了想后回答。

父亲打了110。警察来到现场勘察了一下，并问了些情况，对她那辆被弄坏了车头丢在一边的自行车拍了照，还录了指纹。

后来，父亲开车送女孩回到了她租住的地方。虽然已经毕业了，但因为还没有找到合适的工作，女孩边找工作边给人做家教。由于来自农村，她就与朋友在市区合租，这样，也方便找工作。

父亲所救的女孩就菁菁。

那天晚上，父亲本想开车回家的，但等把菁菁的事情处理好后，已经快凌晨一点了。所以送菁菁回住处后，他就返回公司，在办公室那长条沙发上躺了一个晚上。

“她是土木工程系毕业的，而我与静两人都对土木工程似懂非懂，因而与许多项目失之交臂，如果……如果请她来我们公司工作，那公司的业务肯定会飞涨起来的。但她会不会认为我们公司这片天空太小，不适合她翱翔呢……”那天晚上，父亲躺在沙发上左思右想，不知道何时才睡着。第二天醒来时，已经日上三竿了。要不是母亲打电话来问他昨晚为什么没回家，他可能还在呼呼大睡呢。

“昨天晚上遇到了点特殊情况，现在我得赶紧去工地上了。等回家再和你讲啊。”他这样回答完母亲焦急又担心的电话后，开车到了市中心的工地上看了看，接着就打通了菁菁的电话，约她在一家西餐厅见面。他完全忽视了昨晚母亲给他打的十几个未接电话。

救命恩人约，菁菁取消了和室友去逛商场的计划，然后和室友一起来到了西餐厅的包间与他见面。

在西餐厅，他们点了各自喜欢的饮料。父亲还加了好几盘小点心。

父亲了解了菁菁找工作的现状及要求后，小心翼翼地询问她是否愿意到他公司来帮忙。

菁菁与室友对视了一下之后，说：“好！”

从那以后的每一天，父亲每天早晨七点都会去接菁菁上班，下午五点送她回去。

上班期间，父亲总以崇拜的眼神看着菁菁，时不时地问她一些关于建筑方面的专业知识，去工地时也带着她，还经常邀请她一起共进午餐，晚上只要菁菁有空，他便会邀请她去 K 歌跳舞，菁菁歌唱得好，舞跳得也相当不错，酒量也大……他真心想把菁菁留在公司。

知晓了他们的故事，母亲没吵没闹，只是安静地回了家。她没有问父亲为什么不及时和她说菁菁的事，也没有问为什么有了菁菁这个秘书，他连家都不回了。

母亲其实太好哄了，无论父亲做了什么，只要他给她个理由，她就相信。

母亲当时心里想的只是，有了菁菁这样专业人才的帮忙，公司的生意肯定会越来越好。而她自己，也能抽出更多的时间来陪我。她心里其实一直有种内疚感，这些年来，因为忙着公司、忙着赚钱的事情，她一年到头很少陪我。我一直都是由爷爷奶奶在照看着，她几乎每次回家都会带一大兜刚从书店买来的书丢给我，然后嘱咐我“一定要好好学习，听爷爷奶奶的话”就又走了。

菁菁不仅年轻漂亮，唱歌跳舞都行，有满腹的才华，她还特能喝酒。在一次建筑行业的大佬聚会上，菁菁一人就把所有人都喝趴在了桌子上，因此，在那次聚会上，公司轻而易举地拿到了一个大项目。

“静既不会唱歌又不会跳舞，更不会喝酒，喝半杯啤酒就脸红，每次聚会别人敬她酒，都得让自己代喝……虽会用些制图软件，但对建筑图纸设计却不精通……”父亲想起了有一次图纸设计错误，然后他急得满大街地找专门的建筑设计人员重新设计图纸的情景……

父亲把菁菁和母亲对比后发现，母亲除了给他洗衣做饭，给他数钱，数落他，好像什么也不会了。他忘记了她的温柔、她的美丽、她的能干体贴和善解人意，他更忘记了他之所以有今天的成就至少有她一半的辛苦与努力!

以前不管多晚都想着回家，可是现在，只要过了晚饭时间，父亲就不想回了，一是嫌累，二是……他也想不清是什么原因。

晚上没回家，父亲干脆就睡在办公室。夏天的晚上在办公室里开着空调躺在沙发上睡觉也是一件很惬意的事，何况这长沙发一点儿也不比家里的大席梦思床差。

在菁菁的帮助下，父亲后来确实招到了许多不错的项目。项目一个比一个好。因此，他对菁菁从崇拜转为迷恋。他觉得自己已经离不开菁菁了。这个离不开，不仅仅是业务上离不开，而且情感上也离不开了。他已经彻底地喜欢，不，是爱上菁菁了。

有一天，父亲实在是控制不了自己的感情了，然后要花店给办公室送来了一大束玫瑰花，他亲自把花交到了菁菁手里。菁菁没有拒绝鲜花，只是对他说：“你人很好，又是我的救命恩人，你的情是我一辈子也还不清的。只是可怜了你的妻子，她对你那么好。”

“她以前是好，可是现在没你好了……”父亲说。

# 第四章　母亲北上

在一个燥热无比、虫子乱鸣的午夜，当父亲又一次醉醺醺地推开家门时，站在门边的母亲对他说："怎么这么晚才回来呢？又喝多了？"

"我喝多喝少和你有什么关系？"父亲没好气地回答，嘴中的酒气喷了母亲一脸，然后双手做推开她的姿势："滚！"母亲惊愕之余赶紧站到一边，父亲踉踉跄跄地走到沙发边，直接躺下了。"滚"，这个粗鲁的字眼以前可从没从他嘴里说出过，更别说是对母亲了。母亲呆呆地站在一边看着父亲，眼眶里突然有热热的东西顺着脸颊流下。她突然觉得他好陌生。她好像已经成了他前进路上的绊脚石，有一种即将被人一脚踢开的感觉。

是何时开始这样的呢？

母亲也突然间头晕起来，好像父亲喝的酒已经传给了她一样。不一会儿，屋子里到处弥漫着浓浓的酒精的味道，同时也响起了父亲厚重的呼噜声。当时，她还天真地以为他的男人可能遇到了生意上从未有过的挫折才会那样对她。她还想等他醒后一定好好与他谈谈心，看自己能否帮得上他的忙。

虽然是夏天，天气有些热，可是她担心父亲半夜着凉，便忍着委屈从卧室拿了一条薄单子盖在他的身上。

第二天一大早，父亲却没等她起床就离开了家。

后来，母亲从别人那里断断续续地了解到，有人说父亲是个脓包，是因为倚仗她才有了今天的一切，说他怕老婆，说他离开了她就活不成了……

恶意中伤、挑拨离间的人不在少数。可能有人眼红我们家的幸福生活，又或者我们家有人不小心得罪了小人……世间最珍贵的应该是信任，最怕的便是失去信任。

后来好几次，父亲回到家，他都会没事找事骂母亲甚至故意打她，而且不容她多说一句话。只要母亲多说一句话，他准会再说一箩筐的话压得她喘不过气来，或者噼噼啪啪地给她几个耳光。这行为，让人感觉他好理直气壮、不容置喙。

没有了爱，没有了信任，一个人的前后变化竟会这么大。

父亲之所以打骂母亲，是想让母亲主动离开自己，母亲要是去法院告他个家庭暴力他也是无所谓的。母亲心里明镜似的，为了我，她必须留在家里。可是父亲真的变了。他不再是以前那个宠她哄她，把她捧在手心、暖在心窝的男子汉了。

出院后，母亲彻底想通了。

男人还在，可是却没有了情与爱，家就不再是家了。与其苟延残喘地过下去，倒不如一刀两断来得干净。又一次被暴打住院后，如父亲所愿，母亲主动提出了离婚。母亲本想带走我，可是由于爷爷奶奶的反对，也只好暂且把我留在他们身边了。农村人最讲究传宗接代，何况我又是单传呢。母亲完全理解，只是可怜了我。而就她目前的情况，也只能这样了。

办完离婚手续后，母亲就去了北京打工，为了她自己，也为了给我一个更好的将来。

可是母亲工作之余，总会想到我。

她想起我刚出生时那洪亮的哭声，想起她抱着我第一次吃奶时我那贪吃的样子。

想起那时我的黄疸一直不退，她把我交到新生儿科时眼泪一直流个不停。那时她每天亲自送去从自己乳房里挤出来的奶，为的是能亲自听到医生护士讲关于我的情况，听护士说我的个头儿比一般的同龄婴儿都大，喝的奶也比其他的小孩子多时，她总会开心地笑起来。护士叮嘱她月子里要少出门，可是她却不管。为了我，她可以付出自己的一切。

六个月时我长出头两颗牙，一岁多一点学会走路。因为房子在马路边，路上车多，她时刻都要提防我跑到马路上，一天下来，她觉得好累，但又觉得累得值。

为了生意，在我一岁半时，她第一次离开我出门半个月，在电话里听奶奶说我从床底下拿出她的鞋，看着鞋说这是妈妈的鞋，然后就边喊妈妈边哭，她在电话一头边听边哭。

两岁半时，我被送进幼儿园，老师教画画，我画什么像什么，手工做得又快又好，做什么像什么。老师经常在她面前表扬我。

上学后，我成绩一直名列前茅，经常拿着满分的卷子让她签字……六岁之前一直跟她睡，现在长这么大了睡觉前有时还要爬到她床上玩一会儿再走……

当我牙牙学语时，她觉得，我讲的每一个字、每一句话都犹如天籁，哪怕是我故意搞笑的怪声。她还把我的声音录了下来，作为手机铃声，这样，每当电话来时，她都能听到我可爱的声音。每次接电话，她心里都甜滋滋的。

我上一年级时，体育课上学跳绳，其他同学老师一教就会，可我怎么也学不会，特别是连跳。那些天，我每天回家都闷闷不乐。她问我怎么啦。我说了原因，并且说其他同学都讥笑我傻。她没吭声，只是接着问我昨天能跳几个。我说一个。她又问："今天呢?"我说两个。她立刻对我竖起大拇指说："你今天比昨天进步了呢。明天继续练，今天能跳两个，明天就能跳三个，说不定还能跳四个、五个呢……"于是，我在母亲的鼓励下继续练习跳绳，第三天真的能跳五个了，在期末的班级跳绳比赛中，我还跳了个第二名。

有时她在电话里与我聊着我小时候的那些事情时，我能感受到她对我深深的思念，而我对她，又何尝不是呢？我每天做梦都会梦见她在我熟睡时轻轻亲吻我的额头，然后轻轻抚摸着我的头发——那是我小时候她哄我睡觉时给我做的安抚动作。在她的那套安抚动作之下，不管我睡觉前心情多么不平静，在两三分钟之内，我肯定会睡着。要是有一天她出去了，我在睡前没有得到她的安抚，就觉得缺少了一样重要的东西。

那吻是多么香甜，那抚摸又是多么温柔。

自她走后，我睡梦中多次呼唤着："妈妈，别走！妈妈，妈妈，陪着我……"醒来后，枕巾都会被泪水浸湿一大片。

每逢枕巾被泪水浸湿，我起床做的第一件事就是把湿了的枕巾晾起来，以防爷爷察觉后为我担心，或在电话里向母亲告我的"状"，让母亲在那边无法好好工作。

我记得母亲曾当着我的面向别人夸耀："我这一辈子最大的幸福就是养育了一个乖巧懂事的孩子。"

# 第五章　父亲跳河

父母离婚后，父亲与菁菁光明正大地走到了一起。可是奶奶却从不让父亲带她回家。只要父亲在奶奶面前提起菁菁的名字，奶奶都铁青着脸没好话，并且总骂她是狐狸精，说她把我们好好的家庭给破坏了。

父亲一听奶奶骂菁菁，他就赌气不说话、不吃饭，后来干脆很少回家了。他又在市区买了一套房与菁菁住。或许是因为爷爷奶奶的反对，或许是其他什么原因，父亲与菁菁从来都没有领取结婚证。

刚开始时，父亲与菁菁在一起还正儿八经地做生意。公司也因为菁菁的加入风生水起。不到半年的时间里，公司净资产竟超过了一千万。

城里的教学质量总比农村的要好。父亲与菁菁商量把我接到城里上学，菁菁也同意，奶奶却偏不让。奶奶逢人就说害怕菁菁虐待我，害怕我在城里吃不好睡不好，更怕我因为没有人管教，在城里学坏。

“世界上有几个后妈是好人呢?”奶奶说。

不知道从何时起，房地产行业开始不景气，公司的业务开始减少，业绩也大幅下滑。不管菁菁的专业多精深，父亲的经验多丰富，工程的质量有多好，他们的人际关系多广阔，他们也是无力回春。他们都开始闲下来了，不用再像原来那样马不停蹄地奔走于工地和办公室，甚至酒桌之间，也不用忙着做标书做到半夜三更还睡不了觉。

父亲开始有越来越多的时间停留在牌桌上。在牌桌上停留的时间越多，菁菁对他就越不满。她常说他不思进取，甚至说他继承了他家的天然劣根性——懒散性。

父亲开始还让着她，随她说随她骂，只我行我素地打他的牌。一天傍晚，他又在打牌时，菁菁打电话催他回家吃饭，他口袋里的五千块现金已经全输掉了，那时他正在恼火自己的牌运太差劲了，正在想着如何翻本呢。为了让他回家，菁菁连续给他打了好几个电话。最后一个电话里，她没好气地说：“你以后就把打牌当饭吃吧，最好打一辈子的牌，把身上的衣服连裤衩都输光，然后光着身子回老家当你的老农民吧……”

父亲听了也来气了，再也不顾菁菁的面子，也不考虑她的承受能力，难听的话张口即出：“臭婆娘，最好把你的臭嘴用针缝住！正是因为你这闭不上的臭嘴，我才走霉运！我打一辈子的牌怎么啦？我家是农民又怎么啦？当农民也不关你的屁事！你不也是农民出身吗？要是看我不顺眼，就滚吧，滚得越远越好……”

以前的每个晚上，父亲回来之前，菁菁都会在厨房里给他准备一杯温牛奶。近一年的时间里，他都习以为常了，睡前喝温牛奶已经成了他的习惯。当天晚上，当父亲半醉半醒地返回住处后，整套房子里没有一丝光亮，他虽然感到有些异常，但开灯后还是与往常一样先去厨房拿牛奶喝，可是转遍了整个厨房，也没有看到牛奶的影子。于是，他先从净水器里接了杯温水喝，然后朝卧室走去……

卧室、书房都没有菁菁的影子，只有一张写了字的A4纸躺在书房里电脑的键盘上……

一看到这张纸，父亲本来有些迷糊的脑袋一下就清醒了。他慌忙拿起纸看起来。

明晖：

当你看到这封信的时候，我也许已经在另外一个城市了。

你的房子、存款我都不要，我只从公司账户里转走了十五万块钱，算是我来你公司后自己的辛劳所得。公司所有的资料都在电脑里，公司的公章、银行卡等主要东西都在老地方。

当年我认为你是一个勤勉上进、胸怀大志、可以依靠一生的人，可是经过这段时间的相处，我才明白，其实我俩不适合做夫妻。

感谢你曾经救了我，你的恩情在这两年里，我也算还清了。

我想你可能会后悔你今天在牌桌上对我说的话，也许会到处找我，但是真的不用再来找我。这样的日子我实在不想过下去了。离开你，是我许久以来的想法。

再说一次，不用白费力气找我，你找也找不到的。

祝一切安好！

菁菁

父亲拿着纸怔怔地看了老半天。他回想起这些日子以来菁菁的行为，可是怎么也想不到菁菁有想离开的念头。

在他的心里，他一直觉得他这个职校毕业生配不上菁菁这个名牌大学毕业的大学生，可是他也一直在努力。在菁菁的监督下，他前年报名参加了成人自学考试，现在已经拿到了土木专业的专科文凭，接着又报名参加了本科学习的培训，以后如有机会，或为了公司的发展需要，他还想继续读研，甚至读博……但是，随着菁菁的离去，这些所谓的文凭，也就只是一张写了字的纸而已，读研、读博也只是空想罢了。

父亲没有因为菁菁的离开而在牌桌上收手。他一觉睡到第二天的午饭时间，在楼下吃了份快餐，然后又被人喊到了麻将桌上。他头天晚上输了两万块，其中的一万五是借别人的。在赌友的撺掇下，他想把本钱给赢回来。这晚，他赢了一万。

有人说："你还差一万就把昨儿输的赢回来了。"于是，第二天，父亲又到了麻将桌上。可是这一天，他却输了四万……

在近三个星期的时间里，父亲因为老想着翻本，加上别人的怂恿，所以几乎每天都在麻将桌上。实在太困了，就在麻将桌旁边的长沙发上眯一会儿。

每天输多赢少，最后累加起来的赌债让人触目惊心：五百万。

他公司所有的财产加起来也不够五百万啊。父亲傻眼了，他想起了菁菁最后一次在电话里说的话——“把身上的衣服连裤衩都输光”。菁菁的话居然应验了！难道她是巫婆转世，或是巫婆的化身？

他和母亲、和菁菁一起十多年来的辛苦，被自己二十一天挥霍殆尽。

赌场是黑赌场，赌债是高利贷，而且是利滚利……债主限他一个星期之内还清所有债务，否则拿他的儿子——我当人质！

那天凌晨两点，在赌友们的嬉笑吆喝声中，父亲神情沮丧地走出了赌场。他漫无目的地走在没有人的街道上……这段时间以来，他沉迷于麻将桌，陶醉在赌场，输多赢少。他每天都想着翻本儿，却越陷越深。他那辆心爱的奔驰车在几天前就已经充做赌资，还有他市区那套和菁菁的住房也早已被赌友拿去抵债。其次，还有他公司所有的银行存款，都被他如风卷残云般扔进了赌窟……除了老家农村的那套房子没被抵押，属于他的东西能抵的他全抵了，可是还差近百万。这百万从何而来呢？再把老家的房子卖了？

他与母亲、与菁菁在一起的日子，像放电影似的在他脑海里来回闪现。一会儿，他又想到了年近七十的爷爷奶奶，想到了我这个还未成年的孩子。如果把我这个单传的孩子拿去做人质，爷爷奶奶肯定也活不下去了……

脸颊上不知道何时有了湿漉漉的东西在往下流，他也弄不清到底是自己的眼泪，还是天空中已经下起了雨，不过，不管是什么，他都懒得去擦了。他走到了护城河边，双膝跪下，然后把头深深地埋进了灰白的栏杆下面……

浅绿的河水缓缓地向下流去，岸边成排的柳树枝条在夜风中乱颤……

“明晖，明晖……”当父亲醒来时，发现自己正躺在医院的病房里，奶奶正含泪拉着他的手伤心欲绝地在叫他的名字，旁边有身材魁梧、但头发胡子十分杂乱、身心极其疲惫的爷爷。而我，那时正站在奶奶的后面，看着已醒来的父亲，那颗紧绷的心突然就放松了下来，我用手擦了擦眼里流出来的热泪。这热泪，是为父亲终于醒过来感到欣喜。

虽然我平时很恨父亲对母亲所做的一切，但当昨晚看到他白得吓人的脸时，我真的很担心他再也醒不过来了。他要是醒不过来，年近七十的爷爷奶奶怎么办啊？那时，我的心里充满了恐惧，看着奶奶哭，作为男子汉的我，眼泪也控制不住地掉个不停……

自见到父亲后，奶奶就哭个不停，我也陪着她流眼泪。因为流了一晚上的眼泪，我的双眼早已浮肿，用手擦上去有撕裂般的疼痛感。

"你小时候特别坚强，摔倒了，甚至把膝盖胳膊都摔得流血了也不哭，而是自己直接爬起来；打针时一声也不哭，根本不像其他小朋友那样看见针头和'白大褂'就哭个不停……"我记得奶奶曾多次对我说过这样的话。可是这次，不知怎么的，坚强的我居然和奶奶一样眼泪流个不停。也许是真应了那一句"男儿有泪不轻弹，只是未到伤心处"吧！

"杰……杰，杰杰，快来，你爸爸醒了！"看着父亲睁开了眼睛，奶奶用颤音欣喜地叫我去她的身边，她眼里的泪珠又滚落了下来。这是喜悦的眼泪。

我听话地走了过去，站在床边不言语。奶奶一只手拉着我，一只手牵着父亲。那时，爷爷也走到了奶奶身边。

"怎么回事？我怎么躺在医院里了？"父亲扭头左右看了看，然后有些迷糊地问。

"你忘记你自己做的傻事了？"奶奶的声音仍有些哽咽。

"醒来了就好！醒来了就好！"爷爷在旁边念叨着，他那乱糟糟的胡子好像也有了精神……

一百万，父亲的赌债需要在一个星期之内还清。如果还不清，就得借高利贷，或者让自己的儿子去当人质。在黑赌场，听说人质轻则被人毒打，重则被剁手指或脚趾，或抽脚筋、手筋……这听起来都让人害怕！

因为不知道如何还款，又不想连累家人，父亲想不出有什么更好的办法，于是，他选择了跳河自尽。

听到父亲跳河的原因后，爷爷当时第一反应就是拿起病房里唯一的“武器”——小木板凳向病床上的父亲砸去，嘴里还不停地骂着：“畜生，你这畜生，畜生……怎么不淹死算了……”

还好，奶奶起身硬是抓住了爷爷将要扔出手的凳子：“死老头子，你发什么疯!”而我，也急忙用双手抱住了爷爷的胳膊……

全家人去哪里找那一百万呢？爷爷奶奶都犯了愁。爷爷一屁股坐在病房里的地板上，魁梧的身材一下佝偻了许多，刚精神了一点儿的胡须显得更乱了；奶奶瘫坐在病房内陪护人员专用的小椅子上，她的头发似乎瞬间就全白了；我呢，则在胡乱地想象着要多大的箱子才能装得下那一百万的票子——平时装牛奶的箱子？太小太浅啦，肯定不够！装我家年前刚买的48寸液晶电视机的纸箱子？太扁啦，也不够；装我家洗衣机的大纸箱？又宽又高，应该够了……于是，我想到了自己去当人质，来换父亲的平安。可是当人质的话，那些人会撕票吗？我想到了在电视电影中看到的，那些有刀声、皮鞭的抽打声、吆喝声、声嘶力竭的哭喊声，甚至枪声的恐怖场面……

以前，父母虽然挣钱多，可是，很少在我面前显露，我见过的现金最多的一次，就是年前母亲把从银行刚取回来的一万块钱借给堂叔明煦的时候，那一沓的红票子真是让我开了“钱眼”。

“这是一万，拿去!”父亲一边手摸麻将，一边对人轻描淡写地说。

“五万在这里，给!”父亲嘴里叼着一支冒着缕缕青烟的烟，而眼睛死盯着牌桌，只把手中的钱向对方一扬。

“哦，十万，我先欠着，等会儿下桌后转账给你!”父亲看上去好像家财万贯，区区五万如九牛一毛的样子。

…………

那几天，我在上课的时候老走神，脑海中总出现父亲在赌场上一掷千金的模样……

爷爷奶奶考虑把家里的洋房卖掉，可是上百万的房子，农村有几个人买得起呢？城里的有钱人也不可能来这偏僻的小山村买房。即使有，又到哪儿去找这个“及时雨”呢？

母亲不知道从哪儿听说了父亲的遭遇，她只叹息了一声，然后拨通了爷爷的电话。在电话中她要了爷爷的银行账号，先给爷爷账号里转入三十万，这其中的二十万是她与父亲离婚时所得的，另外十万是她这段时间开店所赚的和借来的。

母亲的三十万让奶奶热泪盈眶，当她向父亲说起母亲时，边流泪边痛骂父亲：“看看，看看，你这个兔崽子，真是瞎了眼啊，当时到底是哪根筋不对劲儿呢，人家静多好啊，二话不说就给你转了三十万……”

让爷爷奶奶，更让父亲意想不到的是，母亲居然在一个星期之内以最快的速度把市区的本属于她的那套三居室转让了出去。不过，为了尽快得到现钱，本值五十万的房，她四十五万就出手了。她把这四十五万也毫不犹豫地转入了爷爷的账户。

有了母亲的七十五万，有了这大头儿，天天提心吊胆的爷爷奶奶终于放松了些，但为了凑齐剩余的二十多万，他们东借借，西凑凑，差不多把所有亲戚朋友都问遍了。

以前，奶奶每天早晨都会给我翻花样做早餐：有时煎个鸡蛋饼，或下个肉丝面，或熬些稀饭煮个鸡蛋，或打个豆浆……可是在凑钱的那些日子里，奶奶不再给我做早餐，而是提前从商店里买回来一些饼干方便面之类的干粮给我当早餐，因为他和爷爷每天早晨五点多就出门找人借钱去了，根本就没空给我做早餐了。

爷爷奶奶跑断了腿，差不多把所有认识的人都借遍了，终于在一个星期之内把剩余的二十五万全凑齐了……让人非常感动的是，有的亲朋好友，比如堂叔明煦、堂伯明宏等人，都主动拿出一些钱送到了爷爷奶奶手上，他们还帮忙向别人借钱。

出院回家后，父亲居然又做了一件让人意想不到的事：他用菜刀剁掉了自己的一根小手指以明心志：再也不去赌博。

这证明他没有消沉，没有破罐子破摔。

人们都说，能自断手指的人，没有什么事情是做不好的。

菁菁自离开父亲后，再也没有音讯。

大家都劝父亲去找母亲，可是父亲觉得自己已无颜见她。在家待了几天后，他就南下广州了。母亲北上，而他与母亲背道而驰，南下了。明眼人都知道他是为了故意避开母亲。

# 第六章　奶奶去世

奶奶本就有高血压与心脏病，由于日夜操心父亲的事，高血压与心脏病曾多次复发。但因为不算太严重，又为了不让大家为她担心，她在发病时只是悄悄地吃了一些备用药。

父亲的赌债还清之后，她的病按理说应该会好些的，可是却越来越严重了。

有一次，奶奶心脏病与高血压同时复发，正碰上我放学回家。看到奶奶倒在地上捂着胸口直喘粗气，我赶紧从柜子里找到了奶奶平时的备用药喂给她吃，接着把在地里干活儿的爷爷叫了回来，又把堂叔明煦叫了过来，大家想把奶奶送去医院……可奶奶却偏不去，对大家说她已经好了，没必要去医院。

大家都知道，奶奶不去医院最主要的原因就是为了省钱——为还清父亲的赌债，不算母亲的，家中已欠二十多万的外债。虽然奶奶靠吃药控制住了病情，却留下了轻度中风的后遗症：口齿不清，说话含糊。

那次发病，奶奶不让别人告诉父亲与母亲。她害怕他们在外为她担心，从而影响工作。

可是半月后，奶奶的心脏病又突然发作了。这次是在早晨，我吃完奶奶做的煎饼去了学校上学，爷爷也下地干活儿去了……第一节课的上课铃刚响，我和同学们正坐在教室里等老师来上课。老师还没进来，我却看见堂婶桃花在教室的前门和最后一个进教室的同学焦急地比画着。接着，上课的王老师走了进来，她通知我去教室外面见桃花婶。

一看见她，我就紧张得心跳加快。

还没等我开口问，堂婶桃花就着急地对我说：“杰杰，快跟我回家，你奶奶快不行了！”

“奶奶怎么啦?!”

“你奶奶心脏病又发作了，送医院已经来不及了，她只想见你最后一面。快，你堂叔的车就在校门口等着呢……”

我来不及和上课的王老师打招呼，就跑着跟上快步如风的堂婶桃花，恨不得插上翅膀在一瞬间就飞到奶奶的身边。

“我们已经给你爸妈打过电话了，让他们以最快的速度赶回来……”刚上车，堂叔明煦就已启动了他的面包车——其实他一直就没有让车熄火，只等着我上车抓紧时间赶回家。

面包车在水泥马路上飞也似的跑着。

“别开太快了，注意安全！”堂婶桃花有些担心地说。

“没事，放心好了，我能把握！”堂叔明煦一脸焦急。

在路上其实也就几分钟的样子，可是我觉得过了很久。我恨不得堂叔的车就是火箭，在出发的下一秒就能见到奶奶。我心里不断催促堂叔把车开快些，再快些，我真害怕再也见不着奶奶了。

自上车开始，我就一直在座位上半站着，恨不得马上下车。堂婶警告我好几次要坐好注意安全。当透过车玻璃窗能看到自家大院时，我已经走到了车门边。当车进院后，堂叔明晖刚踩住刹车，车还没完全停稳，我就打开车门跳下了去，直奔奶奶的卧室。

奶奶紧闭着双眼，脸色异常苍白，她安静地躺在床上。床边坐着万分憔悴的爷爷，他正呆呆地注视着奶奶的脸。旁边站着好些个平时与爷爷奶奶关系好的远亲近邻。

“奶奶，奶奶奶奶，我是杰杰，我回来了……”进门后，我飞奔到床前，一把拉住奶奶的手大叫。似乎是听到了我的叫喊声，奶奶吃力地睁开了眼睛：“杰杰，你回来了！回来了好啊。奶奶……看见你就好多了，没事的，你放心吧。奶奶还要给你做你喜欢吃的煎饼呢……”

自见到我后，奶奶看上去真的好多了。奶奶还让堂叔明煦送我去学校上学，说学生不能耽误功课，不然会赶不上学习进程，影响整个学期的学习成绩。奶奶虽然识字不多，可她什么道理都懂的。

因为家里穷，奶奶只读了三年书，她经常后悔自己书读少了，不然当年某国企招女工，她就会顺利通过的。“要不我也不会在农村喂猪打狗一辈子。”这是奶奶自嘲的话，说这话时，虽是半开玩笑说的，可每次我好像都能看到奶奶那极其沮丧的内心，看得出她仍在后悔当初早早辍学。可是当年的她不辍学是不可能的。奶奶的父亲在她只有八岁时就得病去世了，她唯一的哥哥当时也只有十二岁，为了几块钱的学费，他们得东家借西家凑，有时到学期快结束了还凑不齐。为了减轻她母亲的负担，她早早辍学回家帮母亲在生产队种地赚工分，还供她哥哥继续上学。

看着奶奶精神好多了，亲朋好友们相继走了，只留下爷爷在家照顾她。本想送她去医院，可奶奶还是老样子——偏不去，她说：“我自己的身体自己知道，你们都忙去吧，真是太麻烦你们了。”奶奶平时最怕麻烦别人，得了别人好处，她总要双倍返还给人家的。因为她处事大方，所以在左邻右舍和亲朋好友中人缘极好。

那个上午，奶奶遣散亲友其实还有个目的，就是想和爷爷单独待会儿。

那个上午，奶奶不许爷爷多说话，可她自己却滔滔不绝地给爷爷说这说那。爷爷叫她停一会儿她都不愿意。

她告诉爷爷家里某个箱底的蓝印布袋里还有一万块钱的现金，她让他拿过来看了看，然后嘱托他放在一个妥当的地方，并说以后这个家就全由他掌管，她已力不从心了。至于帮父亲还赌债欠亲友的钱，她说让我父亲慢慢还，她相信我父亲已经开窍了。她还说爷爷的衣服平时都放在哪个柜子的第几层，我的衣服又放在哪里。平时我们爷孙俩的衣服都是由她洗由她收，要穿哪件衣服也是由她找来送到我们手中。“我自己是找不到要穿的衣服的。”爷爷平时经常对别人这样说。

奶奶还告诉爷爷我喜欢吃什么菜，要他以后翻着花样给我做饭，还要他主动监督我做作业，平时要多鼓励，但做错了事，该责骂就得责骂。

奶奶还提到了我的母亲。她说母亲是个好女人，好媳妇，她要爷爷尽力撮合我父亲母亲……

奶奶把所有相关的人与事都提到了，可独独没有提到她自己……整个上午，她只让爷爷喂了她两口水。最后，她让爷爷去做午饭，她说她累了，想休息一会儿。然后，爷爷就听话地去做饭了……

“秀兰（奶奶的名字），盐放哪儿了？我到处找也没找到……”十分钟后，当爷爷手拿菜勺进到卧室问奶奶盐在哪里时，奶奶一点儿反应也没有。他笨手笨脚地做了她喜欢吃的酸菜汤。可就是怎么也找不着盐在哪里。

看着奶奶安详地闭着眼睛的脸，爷爷还以为奶奶是睡着了，为了不打扰她休息，于是他打算反身回厨房。可是正想转头走时，又觉得哪里不对劲，于是他蹑手蹑脚地走到床前，用右手手背轻轻触了触奶奶的额头，好像怕一不小心就会弄醒熟睡中的奶奶……突然，他脸色大变，触电似的把右手移开，又急忙把右手食指放到了奶奶的鼻口……

“咣当！”爷爷左手中拿着的菜勺一下掉到了地上，眼泪随之流了下来，他的双膝跪在奶奶的床头，额头深埋进了奶奶盖的被子里……

奶奶的额头已冰凉，鼻口也没了任何气息！

爷爷的眼泪无声地流在了奶奶盖着的被子上……

不知过了多久，路过的堂婶桃花闻到了我们屋里散发出的东西被烧焦的气味儿，于是过来看看到底什么情况。

“婶子，婶子……叔……你们家什么烧煳了？”可是，她大喊几声听不见回应。看门是开的，她直接跑进了充满烟雾的厨房，只见燃气灶上有一个烧得焦黑仍在冒烟的铁锅。她赶紧把燃气关了，把锅放到旁边的餐具架子上，然后就去找爷爷奶奶。

“婶子，婶子……叔，叔……你们这是怎么啦？锅煳了都不知道把它端开?”堂婶桃花一路走一路喊着，在客厅没看到爷爷奶奶的影子，当走到卧室时，她看到床上的奶奶，心里一惊，然后又赶忙俯身去摇爷爷的肩膀，“叔……你们别吓我……”

“桃花，你婶子她……”在桃花的呼唤和摇晃下，爷爷终于抬起了头。他满脸泪痕。

“婶子，婶子……怎么啦?”听爷爷这么一说，堂婶桃花的脸色一下变了。

“她……离开……我们了……”爷爷有气无力地说着。

听了爷爷的话，堂婶桃花一点儿也没有犹豫，她立刻拿出手机给堂叔明煦打了电话说明情况，然后，村里许多的人都来了。按照奶奶生前让我在学校好好学习的意思，大家都没有再去通知我……

那天下午，晴了差不多一个月的天居然下雨了，乡村们都说，老天都为奶奶流泪了。

父亲与母亲也在晚上相继回到了家中。

大家找来了一个为首的人当主管，负责丧期各种大大小小的事，然后请来师公开始设置灵堂和祭祀，另有专门的人负责搬桌椅，还请来了厨师，还有专门放铳的铳手……

当父亲与母亲两人跪在灵堂中听着师公的唱喝声对着奶奶的灵柩磕头时，父亲机械般地做着磕头的动作，母亲边磕头边无声地流泪。我看到母亲的泪水沿着脸颊滚到了地上，她没有去擦……她不会像其他农村妇女一样大声哭喊着对逝去亲人的不舍，奶奶的音容笑貌，奶奶的好都在她的心中。我想她当时应该像我一样，脑海中放映着与奶奶平时在一起的点点滴滴。

“呜，呜……”呜咽悲伤的牛角号响彻整个村庄，连村庄上空的星星听见了都在颤抖，好像它们也要流出泪珠来了。

“奶奶每天早晨六点就起床帮我翻着花样做早餐，煎鸡蛋、肉丝面……每天上学时，奶奶都会送我到村口，放学回家时，奶奶也会来村口接我……奶奶一生很勤劳，对别人都很大方，对自己却很苛刻，哪怕给自己买件衣服都舍不得……”行祭的师公用哭腔唱我花了一个晚上给奶奶写出来的祭文……我的眼泪哗哗地流个不停。许多在场的用心听的亲友也被我的文章所感染，他们不停地点头对我表示赞许，许多人还在用手抹眼角的泪水……

“当初董永行大孝，卖身葬父把名扬。父母终身无费用，又无棺木葬父身……”有老先生在用悲怆的声音唱夜歌子。

在师公吹响的牛角号声中，在如哭如泣的祭文与夜歌子声中，奶奶的生平及往事在我的脑海中像电影一样来回播放着。

满屋子的人，吹拉弹唱者有之，悲伤啜泣者有之，说话聊天者也有之，甚至还有大声说笑的人……好不热闹，好静的奶奶一生中可能都没见过这么热闹的场面。这是唯一的一次，也是最后一次。

“亲戚或余悲，他人亦已歌。死去何所道，托体同山阿。”陶渊明《拟挽歌辞三首》中的最后几句，我记得很清楚。

# 第七章　魂归花鼓戏

奶奶虽然好静，却有一特殊的爱好，就是爱听花鼓戏。她在世时，十里八村的，只要哪里有花鼓戏，奶奶定会想方设法抽出时间，邀上许多村里的姑嫂一起去看。

奶奶最爱看的花鼓戏应该是《三代婆媳》，有时早晨起床时，我还能听到奶奶在厨房里边做饭边唱："养育之恩天高地广，儿女们嘘寒问暖孝敬高堂。鸟儿知反哺，羊羔跪乳浆。传统美德人敬仰，民风淳厚源流长……"我知道这个是《三代婆媳》里开场合唱的段子。大家都说奶奶唱这花鼓戏唱得可好了，能比得上台上花鼓戏演员们。有时候，来了兴致，或被大伙儿邀请，她都会在人前放开歌喉给大家唱几段。

听奶奶唱段子多了，我也跟着奶奶看过几出《三代婆媳》，所以，我自个儿也能单独哼唱几句，但唱也只是偷偷地唱，我是有些害怕别人说我唱得四不像反而丢了奶奶的脸。

花鼓戏《三代婆媳》讲的是中国的孝道问题，是关于如何处理婆媳关系的问题。母亲虽然不是很喜欢听花鼓戏，但对奶奶特别喜欢花鼓戏这事是非常清楚的。

奶奶去世后，母亲在回家的快速列车上联系了一个能在村里演出的花鼓戏班子。她与花鼓戏班子一前一后进了家门。母亲说，她想让奶奶再听一次花鼓戏。在场的许多婶婶嫂嫂落了泪，大家都夸母亲孝顺奶奶，不仅生前孝顺，死后一样孝顺。

戏班子一到，他们就把流动舞台车在我们家的院子里打开了，布景、音响、道具……里面应有尽有。

花鼓戏从奶奶去世后的第二天上午九点一直唱到了晚上十二点，中间只是在吃午饭、晚饭的时候休息了一会儿。花鼓戏舞台主唱《三代婆媳》《八仙过海吕洞宾》和《扯萝卜菜》。花鼓戏都是大人们爱看的戏，为了给小孩子也安排些喜欢的节目，更为了让大家放松或换换口味，花鼓戏中间夹杂了一些流行歌曲与杂技表演。流行歌曲就不说了，杂技表演有用鼻子吹气球、给轮胎打气，飞刀，柔术，还有少林功夫……

后来，他们还用鼻子给我们吹了一首著名的葫芦丝曲——《月光下的凤尾竹》。当清幽的音乐响起时，我顿感心旷神怡，恍惚置身于明月相伴的夜晚，同母亲和奶奶在长满翠竹的后山小径上徜徉……

奶奶的墓地由风水先生选在后山的半山腰，说是此地背靠主山，而且山下就是水库与灌溉全村田地的小河，山环水绕，能藏风养气，福泽后世。

奶奶离开那天下雨，可是出殡那天，连续下了几天的雨突然停了。太阳出来了，空气非常的清新。大伙儿也长长地松了口气——这样大家就不再用担心出殡时路上还得打雨伞穿雨衣了。大家都说，这是奶奶平时好事做多了，修来的福。

“她这也是想减轻大家的负担，让大伙儿送她出门时不那么辛苦——即使这是在人间待的最后时刻了，可是她也不想过多地麻烦大家。”大家都这么说。

“老天爷真开眼啊！秀兰真是修了几辈子的福了……”早晨爷爷看着从东边山头蹦出来的红太阳说。自从奶奶去世后，他几乎没合过眼，眼睛里布满了血丝，几乎全白的头发乱得跟鸡窝似的。

因为刚下过雨，路面是湿的，而上山还必须经过一大截土路……村里的八个壮汉抬着奶奶的灵柩艰难地慢慢向前移动着。他们说那灵柩有六七百斤重，八个壮汉抬着也困难，不出一百米，他们个个满头大汗，脸涨得通红。

一路上，我穿着白色的孝衣，端着奶奶的遗像和送葬的人一起移动，前进几步便对奶奶的灵柩磕几个头。父亲跟我并排前行，我和他时不时会给路边放鞭炮的人行跪拜礼，感谢他们放炮给奶奶送行；而母亲的眼睛肿得跟大桃子似的——她的眼泪几乎流干了，她和几个堂婶扶着奶奶的灵柩前行，我真想时间就此停住，让奶奶在这个世界上多停留一会儿……

一路上，铳声、唢呐声、喇叭声、锣鼓声、鞭炮声……声声不绝。

当走上经多人踩踏的土路时，土路已经变成了泥泞小路，一不小心脚还会打滑。墓地在半山腰，上半山腰的路也是土路。虽然已经有人提前挖了脚踩的小坑洞并垫好了大石块，但路还是极难走。这时候，所有能施加一点力气的大人都去帮忙抬，帮忙推。

当人们把灵柩千辛万苦地移到墓地边上时，速度一下就加快了。"旁人都走开……"在乱哄哄的人群中，我不知道被谁推到了一边，然后，当我晕头转向地找到墓坑时，有人拉我要我下跪——装着奶奶的灵柩已经被放在墓坑上面，只等师公一声令下往墓里放了……

"奶奶，奶奶……"我爬到了墓坑边，听到了师公的一声沉吟，然后，灵柩开始往下移，我的双手不自觉地就去抓灵柩，但很快被人拉扯了回去。我只能泪流满面地、眼睁睁地看着灵柩往下沉……我突然看到爷爷在一旁边流泪边吹着唢呐，曲子是奶奶生平最喜欢听的《百鸟朝凤》。

以前，奶奶在世时，我就曾多次听爷爷吹过唢呐。那时，奶奶唱花鼓戏，爷爷在边上吹唢呐，而我呢，经常是拿着棍棒在边上一阵乱舞——那时的我是多么幸福。曾听奶奶说，爷爷在部队时吹唢呐还得过奖呢。幸福的场景历历在目，而今物是人非。

欢快的《百鸟朝凤》，我却听得肝肠寸断。

"天生浮云地生春，人留后代草留根……"我分明听到了奶奶在唱《三代婆媳》！哦，不对，是母亲把花鼓戏带到了山上，让奶奶听着花鼓戏入土为安……

# 第八章　打架

安排好奶奶的后事，父亲与母亲又相继离开了家，去打拼他们各自的生活去了。而我只有留在家中继续跟着爷爷，每天走路去三千米外的小学念书。

“杰杰，听爷爷的话，在家好好念书，妈妈争取每两个月回来看你一次。”母亲临走前对我说，“对了，杰杰，我帮你买的书放书架上了，你记得看，那些都是你喜欢的。”

“好的，妈妈，你放心吧，我一定听爷爷的话，我也会好好看书、念书的!”我信誓旦旦地说。我还很懂事地给了她一个大大的拥抱，好像自己已经长成一个大男子汉了。

可是当看着母亲含着热泪转身的那一刻，我的泪也控制不住地流下来，于是，我赶紧用挥手来转移母亲的注意力。说实话，我很害怕让母亲看见我流泪，因为不想让母亲为我担心。

而父亲何时走的，我并不知道，只知道我醒来后就不见了他的踪影，有人告诉我他已经去火车站赶火车了。

不知道怎么回事，自奶奶去世后，上课时我的注意力便不再像原来那么集中了。有时，我听着听着，心思就不知跑到哪里去了……

“谭杰，请你给大家读读我刚才讲过的那一段!”

听到语文老师王老师叫我的名字，我茫然地站起来望向她：“王……”

“让你读课文的第二自然段呢，快……”同桌晓晓拉了拉我的衣角轻声对我说，然后用手指了指课文的第二自然段。

看见他的提示，我马上明白了过来，于是读起了课文……

其实王老师明白我现在的处境，她是故意让我站起来读课文以拉回我的注意力。

那天下课后，王老师还特意让我去了一趟她的办公室。

“谭杰，我发现你最近上课的时候老走神儿，是不是还在想你妈妈和奶奶呀？”王老师问我。

听了王老师的问话，我没有回答，只是抬头看了她一眼，然后马上又低下了头。的确，我很想念她们，眼眶里不由得有滚烫的东西在流动，我只好尽量睁大眼睛不让它流出来，然而两颗泪珠“吧嗒”一声掉在我的鞋子上。

“我理解你的心情。谁遇到这种情况都很难接受。但是你想一想，你奶奶平时是不是最疼爱你呢？她希望你过得好好的，每天开开心心的，她肯定不希望看到你因为想她而影响功课；而你妈妈，有她迫不得已的苦衷，你也要理解她，她那边安定下来以后，肯定会很快回来看你或接你去和她相聚的……”那时王老师的声音，在我听来犹如天籁，就如母亲那温柔美妙的声音。看着她，我好像看见了母亲。

在王老师的关心与劝说下，我上课又慢慢恢复到了正常状态。可是接下来又发生了一件意想不到的事。

好长一段时间，也不知道从何时开始，我总感觉同学们有事瞒着我，好像在背后偷偷地议论着什么，就连走路，我都能感觉到有人在背后戳我的脊梁骨。我万分困惑，但又无能为力，我不知道向谁诉说。

我虽然是班长，可是大家越来越不听我的指令，好像觉得自己再也没了班长的威信。

一天，上体育课自由活动时，我和同班同学豆豆在体育器材室为了一根跳绳争吵起来。体育老师吴老师要给同学们示范花样跳绳，他让我去拿跳绳，原本我先拿到了一根跳绳，可豆豆却跑来跟我要这根跳绳。我告诉他那边还有一根，这根是要给吴老师用的。豆豆说那根的绳把坏了。我说不给，我先拿到的凭什么要让给你。豆豆不依，然后我俩就争执起来了……

“你爸偷女人，是个坏男人！你和你爸一样是坏人！”

“你说什么？你敢再说我爸爸的坏话，看我不打扁你？”

“谁不敢说呢？全世界的人都知道。你爸本来就是坏男人，偷女人！不仅你爸，你长大后也会和他一样，一样偷……”

“闭上你的臭嘴！”“嗵！”没有任何防备，豆豆被我一推就摔倒在了地上。

“咚！”想不到豆豆会还手，我的胸口被爬起来的豆豆用胳膊肘撞了一下。

豆豆生气地说：“你还真打我呢？谁怕谁啊？”

“咚！”我又用脚踢了一下他的大腿，说：“你骂我可以，但你不能骂我爸爸！”

“咚！”豆豆也用脚踢了一下我的大腿，说：“骂都骂了，怎么样？”

…………

“吴老师，吴老师，谭杰和谭豆豆打架啦……”女同学小美来体育器材室拿篮球时发现我俩在打架，然后跑到操场上大喊。

“你俩给我住手！”虎背熊腰的吴老师急忙跑过来朝我和豆豆大喊。

“给我站好！立正！”吴老师看见我俩从地上爬了起来，严厉地对我俩喊道。那时，班上所有的同学都围拢了过来。

“给我说清楚，你俩为什么打架！”吴老师喝道。

我向豆豆看了一眼，豆豆也瞥了我一眼，然后我俩同时转过头，都不吭声。

“谭杰，你先说，你和谭豆豆为什么打架？”吴老师看我俩都不说，然后生气地盯着我问。

“他骂人！谭豆豆他骂人！”不知道怎么回事，我的眼泪不争气地流下来。

“谭豆豆，你骂谭杰什么啦？”吴老师生气地质问豆豆。

"我没骂他，他爸在外面偷女人，是事实！"谭豆豆嘴巴咧了咧毫无表情地说。那时，我听到同学中有人捂着嘴巴偷笑，我恨不得找个地缝钻进去，立刻消失得无影无踪。

"谁在偷笑呢？幸灾乐祸吗？"吴老师老鹰似犀利的眼睛在人群中扫过。他的眼神有绝对的震慑作用。立刻，周围安静了下来。

"你们这是对谭杰自尊心的伤害，知道吗？谭杰他爸爸是有错，但大人的错与小孩无关。哪个大人又没错呢？你们也都不想父母的错归咎到自己身上，对吗？何况大人们的事，你们这些小孩子现在不太明白，也不会明白。以后大家都应该学会换位思考，互相尊重。"吴老师的语气慢慢地缓和下来，"今天是谭豆豆同学先不对。谭豆豆，你知道自己错在哪儿了吗？"

"知道了，吴老师。"豆豆低着头说。

"错在哪儿了呢？"吴老师继续追问。

"我不应该把谭杰他爸爸的错归咎到谭杰身上。"豆豆还是低着头说。

"那好，你向谭杰认个错！"吴老师的话无论分贝高低听起来总是那么威严。

"对不起，谭杰，我以后再也不骂你了！"豆豆的声音听起来还是有些不情愿。

"好！谭杰，你今天也有做错的地方，你知道错在哪里吗？"吴老师转头问我。

"我不应该动手打人。"听见吴老师的话，我觉得一股寒意袭来，赶忙挺了挺身子。

"好！你也向谭豆豆道个歉！"吴老师语气坚决。

"豆豆，对不起，我刚才不应该打你！"我看着豆豆。

"好啦，谭杰和谭豆豆今天的事就到此为止，以后大家要团结友爱，不要再出现类似的事件。我给大家讲一句话：欣赏别人是一种境界，善待别人是一种胸怀，关心别人是一种品质，理解别人是一种涵养，要学会换位思考。这句话，一时半会儿你们可能不理解，大家以后多多体会。解散!”吴老师大手一挥。

自这次打架事件后，豆豆以及其他同学都不再在背地里议论我的事了，我也不再因父亲的事而自卑。我终于重新树立起了班长的威信。

父亲的糗事，父母的离婚，再加上奶奶的去世……一连串的事，让我好长时间才适应过来，也好长时间才适应与爷爷单独生活。

不过，这也得归功于母亲对我的劝导。知道我与豆豆打架后，当天晚上，母亲就给我打来了电话。这次通话，至少有一个小时那么长，是我与她所有通话中最长的一次。我们从我的学习聊到生活，从爷爷聊到奶奶，从母亲自己聊到父亲，从亲情聊到友情……总之，在这个电话里，我与她无所不谈。正是因为这次谈话，我的心突然之间变得豁然开朗，我不再沉浸在之前那些事对我的打击中了。

“做任何事情，都不能走极端，弄得头破血流。条条大路通罗马。这条路堵塞了，可以换一条路，绕一道弯儿，再多走几个十字路口，多爬几座高山也无妨，虽然路程远点儿，但只要到达了终点就好。所有的如意与不如意，在时间的河流里都会随波而去，所以没必要为某些事情斤斤计较。想通了这点，心就会豁然开朗。”母亲总结说。

“我一定会积极面对生活与学习的，您放一百个心!”最后，我对母亲保证道。

我真的很庆幸自己遇到了语文老师王老师与体育老师吴老师那样的好老师，也很庆幸自己有个好母亲。要不是他们的开导和关怀，我可能真的不知道如何处理好与同学之间的矛盾，更不知道要多久才能走出生活中的阴影。

如果没有他们，我也许早就辍学了，然后成了像虎伢仔那样的社会小混混，打群架、抽烟、喝酒、吸毒、赌博……最后的结果也许就是进戒毒所或少年监狱。

# 第九章 豆豆

豆豆是堂婶桃花的儿子，我们是自小的玩伴，但有时也免不了为一些鸡毛蒜皮的小事吵吵闹闹。

豆豆最大的本事就是搞怪。他的搞怪总会让人想都想不到，却也让人忍俊不禁，捧腹大笑。

放学回家后，我放下书包，准备做家庭作业，可爷爷让我去豆豆家借把螺丝刀用用，说是我们家大门的锁坏了，而家里的螺丝刀又怎么也找不到。我只得把作业放一边，往豆豆家走去。

还没到豆豆家，我就听到豆豆的妹妹好像在大哭，当时我的心还一阵紧张，害怕那两岁的小妹妹遇到了什么麻烦。可当我快步走到豆豆家门口时，却看到小妹妹边笑边双手紧握拳头，做“加油”的动作，嘴里还用稚嫩的声音喊着：“加油，哥哥！嘻嘻……哈哈……哥哥，加油……”而豆豆的双手使劲儿拽着一根粗麻绳，绳子的另一端在屋子里，好像系着特别重的东西，只见他把绳子扛在肩膀上，像古时的纤夫拉纤一样斜着用力行走，嘴巴里还不时地发出“哎哟嘿，哎哟嘿……”类似给自己加油的声音。

“豆豆，你在拉什么，要我帮忙吗？”我快步走过去问。

“嘘！”豆豆从粗麻绳上腾出来一只手，将食指放在嘴边示意我不要大声。而他的妹妹也学着他的样子把食指放到自己的嘴边……那可爱的样子真是让我忍俊不禁。

看了两人的噤声动作，我立刻停止了脚步，站在原地一动不动，连脸上的笑容都赶紧收敛了——非常担心我的声音会把他拉的东西吓跑。

我努力欠身往屋子里看，可是绳子却在屋里拐了弯儿，看不到绳子那头儿拴的到底是什么东西。

“妹妹，马上出来了！继续给哥哥加油！”豆豆扭头对旁边的妹妹说。

“哥哥，加油，加油，哥哥……”小妹妹挥舞着她的小拳头，双脚有时还跳起来，样子真是可爱极了。

粗麻绳一点一点地往外出，我看见了一团灰色的毛……

“哥哥，哥哥，出来了，出来了……”小妹妹蹦跳着欢呼。

我看见了一个灰色的猫头，接着，豆豆家的猫整个身子都露了出来。

猫？豆豆用他半个胳膊粗的麻绳拉一只猫？我真是哭笑不得。

“哥哥哥哥，你真棒！”小妹妹张开臂膀竖着大拇指跑过去跳到了豆豆身上。豆豆抱紧了他妹妹，在原地转了几个圈，直到快晕时才停下来。

“妹妹，好玩吗？”

“好玩，哥哥！”

“那我们下次再玩？”

“哥哥，还玩……”

“哈哈，好你个豆豆，你这么虚张声势地用大麻绳就拉一只猫啊？我还以为拉庞然大物呢，哈哈！”我一手捂着肚子大笑，一手指着豆豆说。

“我是逗妹妹开心呢！今天我一到家，妈妈就把妹妹丢给我，下地浇菜去了，可妹妹要妈妈，总是哭闹个不停，于是，我就想了个办法让她不哭……”豆豆边逗着怀中的妹妹，边与我说。

“哦，为了让妹妹不哭就用大麻绳拉猫，哈哈！真有你的，哈哈！”

“为了不让妹妹哭，我的杰作可多了，几乎每天都榨干脑汁，想方设法逗她开心。什么石头剪刀布、藏猫猫、丢沙包……这些游戏我们都玩腻了。好些游戏你肯定会想破脑袋也想不到的。比如，昨天下午我和她还玩了用扁担与大麻绳抬一根筷子的游戏呢!”豆豆轻描淡写地说道。

“用扁担和大麻绳抬一根筷子?这游戏又是一绝啊,哈哈,这些可能只有你才能想得出来。”我又捧腹大笑起来。

我脑海中突然映出一幅这样的画面:豆豆在扁担的中间用粗麻绳系上一根细细的筷子,然后与她那两岁的妹妹分别抬着扁担的两端,在屋子里一边喊着加油的号子,一边“哈哈”“格格”地笑着。他们那天真快乐的样子,在我的脑海中放映着,我的眼中不禁露出了羡慕的神情。

“唉,我要是也有个妹妹天天陪着我,多好啊!”我心情又开始低落起来,全然忘记了爷爷让我来豆豆家借螺丝刀的事情。可是,父母离婚后各奔东西,我要何年何月才能有妹妹呢?

# 第十章　虎伢仔

好好的一个家，说散就散了。只剩我和爷爷孤单地住在那七八百平方米大的空荡荡的三层楼房里，还好，豆豆成了我形影不离的好朋友。不管是村里，还是学校里发生的大小事，只要豆豆知道，他都会在第一时间告诉我。

“杰杰，村里的虎伢仔在吸毒，你知道吗?”

“谁吸毒?”

“就是蔡婆的儿子，你不记得啦?就是背上还文了只大蜈蚣的那个!”

“哦，我记起来了，就是那个春节里分烟给我们抽的那个……”

放学路上，豆豆对我说起了虎伢仔吸毒的事。虎伢仔，瘦高个儿，平时不怎么爱说话，听说他初中还没毕业就辍学了，还曾被骗入传销窝，他趁没有人注意，偷偷爬窗户、爬水管、跳楼跑出来的……当我与豆豆偶然间看到他背上的“大蜈蚣”时，我们还被吓了一大跳呢。虽然平时我们很少与他玩，但每次只要到一起，他都会让我们的神经受到一番刺激。

我想起了在春节时他大方地分烟给我们抽的情景，当时村里有十来个大大小小的孩子聚在一起，最小的八岁，最大的就是十六岁的虎伢仔了。

当时许多孩子拿到烟后，也学着虎伢仔的样子点烟抽烟。

“烟的味道到底怎么样呢?”当虎伢仔把烟递到我手里时，我居然控制不住地接了过来。然后，在好奇中，学着虎伢仔点烟、吸烟。吸烟时，我屏住呼吸，心里紧张得要命。

“就尝一下，下不为例。”我当时是这么想的。

“咳，咳，咳……”我把烟头点燃之后用力吸了一口，然后恨不得马上吐出来。我的老天啊，好苦好涩，而且那烟居然顺着喉咙跑进我的气管里去了，整个胸口都闷得很，有种要爆炸的感觉。我只有使劲儿咳，用力咳，并用手拍打着胸口，希望通过咳嗽和拍打能把进入气管里的烟都排出来。还好，咳嗽了一阵子，气管与胸口终于觉得好受了点。

那一次，有好几个小朋友都像我一样，因为不会吸烟，把烟吸到气管里去了，有个八岁的小朋友还咳出了血……但是这些，我们都是悄悄进行的，没有人敢回家告诉家人。因为大家都吸了，告诉家人，只有挨打挨骂的分儿。所以大家都相当有默契。那次吸烟，我没有吸出任何对烟的好感来，而且，从那次之后，我对烟就有种望而生畏的感觉了。

在春节里的某一天黄昏，虎伢仔还悄悄地让我们看了他的一个“宝贝”——一把十几厘米长的弹簧刀。虎伢仔说，这把弹簧刀是他用来防身的，但是，他有个原则，就是从不主动伤人。他还说，他在某地打工的时候，晚上加班凌晨回住处时，要不是有这把刀在身上，他揣的那2000块钱早就被人打劫走了。可是看到那锋利的刀锋时，我的心一下就提到了嗓子眼儿——很害怕虎伢仔突然拿着刀往我身上扎，于是，我找了个机会，就悄悄地开溜了。“我跑得远远的，不跟他照面儿。虎伢仔想找我事也找不着。”我当时心里这样想着。

“虎伢仔在吸毒，豆豆，他不会把毒品也分给小朋友们吸吧？”当听豆豆说虎伢仔在吸毒时，我心里一紧张脱口而出。

“应该不会吧，据说那毒品好贵的呢，不是一两包烟钱的问题，他不会那么大方吧？不过也不一定呢。”豆豆的脸色一变，也有些紧张了。

“听说毒品比烟的危害性要大很多很多，只要一吸就会上瘾，想戒也戒不了，而且会把人折磨得想活活不了，想死又死不了。”我记得在某本书上看过关于毒品的内容，但具体是什么书我也不记得了。

“虎伢仔吸的是什么毒？摇头丸？冰毒？”我又问豆豆。其实我就听说过冰毒和摇头丸两种毒品，其他的一概不知。

“不知道，也没人敢问他。买毒品需要好多的钱，虎伢仔家又不富裕，他会不会先把毒品给我们吸，然后逼着我们回家拿钱给他买毒品？”豆豆越想越害怕，他也在电视里看过，有人故意让别人染上毒瘾，然后染上毒瘾的人会不断拿钱换毒品，直到倾家荡产。

“应该不会吧？”我心里也越想越害怕，“豆豆，虎伢仔平时不是太坏，但我们又猜不到他的心思，这样吧，我们看到虎伢仔就躲，好不好？省得给自己惹来麻烦。他要是真拿毒品逼着我们吸，我们也奈何不了他，他比我们大那么多。”想不出什么好办法，我只好无奈地说。

商量好后，我和豆豆又一起去找了几个玩得好的小朋友，告诉他们要躲着虎伢仔，省得他在不经意的时候让我们吸毒，染上毒瘾。但关于虎伢仔吸毒和我们躲着虎伢仔的事，我们都没有也不敢告诉家人，一是怕挨骂又挨打，二是怕虎伢仔报复。一想起他背上的“大蜈蚣”和他身上的那把弹簧刀，我们的心里就直发毛。那些天，我们个个都过得提心吊胆的。

其实那些天，我们只见过虎伢仔一次，还是在他自家的屋门口。

那天正值星期六，我和豆豆及其他几个小朋友在村口玩打弹珠的游戏。突然马路上来了两辆警车，径直开到了虎伢仔家门口，然后从车内迅速走出了六个荷枪实弹的警察。四个警察分别站在虎伢仔家的屋前屋后，另外两个直接从大门走进了他家。不到两分钟，虎伢仔就被那两个警察带了出来。

我看见虎伢仔的双手被警察反扣着铐在身后——双手戴上了手铐，他的头耷拉着不敢看向包围着的人群。

“虎伢仔被抓了！”大家一传十，十传百，不一会儿，虎伢仔家门口就围满了人。我想，当年虎伢仔出生时应该也没有这么多的人来关注吧！村子里差不多所有人都闻讯赶来了，我想大家都如我一样，也是来看热闹的吧。

“虎伢仔平时看上去很老实的啊，和他那死去的爹一个样儿的，你们怎么会把他抓起来呢？他到底犯了什么错？”有人鼓起勇气问警察。

“他家里人呢？他有家人或亲戚在这儿吗？”一个警察问。

“他爹死了好几年了，只剩一个五十多岁的老妈蔡婆，现在应该在地里干活儿。”有人回答。

“她在哪儿干活儿？请人帮我们去找找好吗？我们得向她说明一下情况。”那个警察又说道。

“已经有人去找了，很快就来了，警官您先歇一会儿……”村民很有礼貌地说。

村民们对虎伢仔的事毫不知情，谁也不知道他吸毒与贩毒的事，更不知道他还打群架伤了人，只有我们几个小朋友略微知道一点他吸毒的事。

我虽然也在人群中看热闹，但是心里却特别害怕，害怕警察把我也抓走。当时，豆豆就在我的身旁，他的双手紧紧拽着我的胳膊。通过他十指的力度，我能明显感觉到他的双手在抖个不停，心里肯定也是十分紧张。

“杰杰，警察不会抓我们吧？”豆豆把嘴巴放在我耳朵边，声音有些颤抖地说。

“警察为什么要抓我们啊？我们又没犯法。”我心里虽然也紧张，但还是悄声安慰豆豆说，“我们最多也就是知道虎伢仔吸毒，没有及时上报而已，但我们也是迫不得已啊，何况警察也不知道我们知道他吸毒的事。没事的，你双手别再抖了，让人看出来就不好了……”

虎伢仔被带上了第一辆警车。没多久，在地里干活儿的蔡婆急匆匆地赶了回来。一个警察迎上去对她说了一番话，大意是虎伢仔参与吸毒贩毒，并参与打群架的事，他们现在必须把他带回公安局接受审讯并对他实施戒毒措施……

看着警车离开，蔡婆瘫倒在地。

“应该没太大的事，毕竟虎伢仔才十六岁嘛，这次主要是抓他去戒毒的……”大家都这么议论。

“可他的身份证上已经年满十八岁了，要是真参与了打群架事件，恐怕……”有知情人说。

警车早已没了踪影，围观的村民也慢慢散去。蔡婆被几个好心的邻居扶回了她家的平房里——她伤心地掉着眼泪，不断责怪自己平时没有管好虎伢仔，以前对他太放纵太宠溺了……她家没有任何粉刷与装饰的四间平房，在四周用琉璃瓦、彩色瓷砖装饰的高大楼房的映衬下显得那么矮小与寒碜……

突然，我的脑海中浮现出虎伢仔玩我的惯性小车时，把高速运转的小车车轮放到嘴唇边陶醉的样子……他还是个没长大的孩子而已。

# 第十一章　蔡婆

虎伢仔是蔡婆与已去世的建设爷爷唯一的孩子，听说蔡婆是在南方打工的时候认识建设爷爷的。建设爷爷是个退伍军人，与爷爷是一个辈分，因为家里穷，三十多岁了也没有娶媳妇，直到十多年前在南方某城市打工时遇到了蔡婆——这个从南方某边陲小镇出来打工的农村女人。

蔡婆从不对人隐瞒自己的身世。只要有人问起，她总会不厌其烦地说起她过去的事。我们小孩子都喜欢听她讲她的身世，只要她一讲，我们都会围在她身边。我们都觉得她讲得一次比一次精彩。但她老是边讲边笑着对我们说："小孩子家家听得懂什么大人的故事啊！去，去一边儿玩去……"但她每次都只是嘴巴上这么说，随便挥挥手而已，没有真要赶我们走的意思，然后我们就又嘻嘻哈哈地围到她身边。

她说她十六岁就被父母做主嫁给了邻村大她二十岁的光棍儿，从十七岁起一共生了四个娃，现在大的三十多岁了，小的也二十好几了。可是那时因为家里太穷，穷得吃了上顿没下顿，而孩子他爸身体又不太好，她不得不丢下孩子出去打工赚钱，给一家人赚生活费，当时她最小的孩子才刚满一岁。那时候，每个月最幸福的日子，就是领工资的时候。领到工资后，她都会在当天把工资小心翼翼地揣在怀里，然后到邮局寄回几百里之外的家乡。家里五口人正眼巴巴地等着她的钱买糊口的粮食呢。

她在外打工，而他的男人在家带孩子养身子，这样的日子一晃就是十几年，直到那一年她遇到了建设爷爷。

那一天，她白天在玩具厂的流水线上干了整整八个小时的活儿，下班后又到一户人家做了两个小时的钟点工。做完钟点工已经快晚上十点了。

与主人打招呼离开后，她的肚子突然一阵剧烈的疼痛，疼得她身上的每根汗毛好像都竖了起来。本来白天在流水线上干活儿时，她就感觉肚子一阵阵疼。因为比较轻微，所以她没在意，心想可能是这些天着凉了，多喝点开水然后回到出租屋用热水袋暖暖就能挺过去了。以前肚子疼都是这样应付的，可是这一次却完全不同。

肚子连续疼了好久，刚开始还能忍受，所以，她下班后还坚持做了两小时的钟点工。可是当她从雇主家里出来后，再也忍受不住疼痛了，她在人行道上蹲下捂着疼痛不已的肚子。

细密的汗珠从她的额头上渗出，疼得她忍不住哼出了声。那时，人行道上来往的行人已经非常稀少。

“大妹子，你怎么啦?”一个身材高大的男人在她面前停下，然后俯下身来关切地问。

“肚子疼得厉害!”她用眼睛瞟了瞟眼前的男人，痛苦地说。

“肚子哪里疼?”他又急切地问道。

“右下边。”她觉得自己连说话的力气都没有了。

“阑尾炎，你肯定得了急性阑尾炎！你得赶紧去医院，要不，疼也得疼个半死！有家人在这儿吗？我打电话让他们赶紧过来!”他急切地说，快得像机关枪开了膛。

“没。”她摇了摇头。

“那我先拨120吧。”他到最近的公用电话亭拨通了120，然后陪她一块儿等救护车的到来。

“救护车怎么这么慢，怎么还不来呢?”看着她痛苦的样子，他手足无措，好像受苦的人是自己的亲人一般。

十五分钟后，救护车来了。他帮着护士把她抱上了车。

“你是病人家属吧？怎么她疼到这个地步才叫车呢？真是不负责

任!”女护士一边给她打止痛针，一边责备他。

“我……”他不知道如何回答护士的责备，脸涨得通红，一副难为情的样子。

“我什么呀?你们当男人的就是不知道疼女人。”女护士说道。

“护士同志，你别再责备他了，他不是我家人，他只是刚好路过的好人。他看到我捂着肚子蹲在地上，好心帮我给你们打了电话。”她赶忙替他解释。护士帮她打过止痛针后，她的疼痛略有减轻。

“是这样啊，那真是难得的好人。”护士对他竖起了大拇指。

“她去医院后连个帮忙办住院手续的人都没有。帮人就帮到底吧，何况自己回出租屋也没什么事。”于是，他决定跟随救护车一起去医院。

到了医院，她立即就被送进了手术室，医生护士准备马上为她动手术。而他，则楼上楼下到处跑，给她办理各种住院的手续，并且自掏腰包给她垫付了住院治疗的费用。

虽然在垫付费用之前，他的心中曾犹豫过，可是当他从病房的这头儿走到那头儿之后他想通了：“自己一个单身汉，在外白赚了十来年的钱也没处花，倒不如给她垫付几千块救命钱，何况这钱她又不一定不还。”想通了这一层，他就毫不犹豫地把自己的银行卡交给了医院收费室……

看着她被推进手术室，从晚上十点到凌晨两点，他在手术室外等了足足四个小时，然后又看着她从手术室里被推出来……

“谢谢你!”从手术室出来的那一刻，她虽然很虚弱，却是清醒的，她对他微微一笑。

他对她点点头，然后帮护士把她推进了病房，并协助护士把她挪到了病床上。护士告诉他，她还得连续输四瓶点滴，至少得三个小时才能结束。

“半夜三更的，回去也不方便了，那我再陪她几个小时，等她输完液天亮了再走吧。”他心里这样想着。于是，他待在病床前看着她输液，并且帮她换尿袋，直到天亮……

她中途劝了他几次要他在旁边眯眼休息，但是他没听，反而劝她要多休息。那一刻，好久没掉过泪的她眼睛湿润了。她被眼前的这个陌生人感动了。这一生她从没有过的感动。那一晚，她睡得很踏实，从未有过的踏实。

“你这小伙子对爱人真好，值得表扬。”天亮后，同病房的六十多岁的阿姨竖起大拇指夸奖他。

他的脸又红了，但不知道如何解释……

他那天早晨没有回公司上班，而是请了三天的假在医院专门陪她，然后又帮她办理出院手续，并且找车送她回她的出租屋……

后来的事就顺理成章了。她跟了他。

“从他那里，我得到了从未有过的感动与温暖。他是我这辈子碰到的最好的男人，最会关心女人的男人。跟他，我心甘情愿！”她说。

虽然蔡婆与前夫离了婚，但是与建设爷爷在一起的前几年，她还经常给她与前夫的小孩寄生活费，直到最小的孩子高中毕业出去打工赚钱。所以，逢年过节，她与前夫生的孩子们都会提着大包小包来看她。

蔡婆与建设爷爷在一起一年多后，就有了虎伢仔。他们给他们的孩子起了乳名虎伢仔，意思就是希望孩子一生都像大老虎一样壮实、强大、威武。

建设爷爷快四十才得子，那个高兴劲儿就不用说了。每天下班回家都会给虎伢仔带些吃的或玩的，到家后都是先逗逗虎伢仔，然后再做其他的事，只要有空，他都会抱着虎伢仔出去玩儿……在虎伢仔十岁那年，他们带着虎伢仔回到了农村，建起了四间平房，心想等来年赚些钱再建二层与三层，可谁曾想……

他们家的平房圆顶的那天，建设爷爷从屋顶上摔了下来，而且头正磕在一根竖起来的钢筋上……

建设爷爷去世后，家里的收入全靠蔡婆养个牛、喂个猪、卖几个鸡蛋来获得。虎伢仔上完初二后，他不再去上学，不管蔡婆如何打他骂他。辍学后的头两年，他还帮蔡婆在地里干点活儿，后来就跟村里一个大一点的小伙子去了城里，说是学修理汽车去了……也许只有虎伢仔自己知道那几年他到底学会了什么。

自虎伢仔被警察带走后，蔡婆本就花白的头发显得越发白了。

人们都在背后议论蔡婆好傻，当年要是她不跟建设爷爷，再坚持个几年，她现在说不定就不用受苦受累，而是在家带孙子享福了。

“我就是天生受苦受累的烂命啊！”虎伢仔被抓的第二天，蔡婆又背着篮子出去给她家的牛割草了，就如建设爷爷出殡后的第二天，她就扛着锄头到地里去给庄稼除草了一样。

# 第十二章　爷爷的菜园子

村子里，父亲自杀未遂的事并未影响谁家的正常生活，奶奶的去世并未让谁郁郁寡欢，虎伢仔被警察抓去也并未掀起轩然大波……村子就是村子，虽然是一个整体，但大家却各自有各自的家，一般情况下，你影响不了我，我也影响不了你。但有一点是一成不变的，时间的车轮一直在向前滚动着。村子里的每个人，乃至整个村庄都在悄悄地发生着某些变化。

我们家的旁边有块很大的菜地，奶奶在世时，爷爷奶奶就在菜地的四周栽上了枸杞，并用长竹竿加以固定，形成了一堵天然美丽的篱笆墙。枸杞是四季常绿、夏天开花、秋天结果的灌木，枸杞的藤条上还带刺。

枸杞篱笆墙，我好像自记事开始就感觉到了它的存在，曾经我还因为它上面的刺扎到了手而对它望而生畏呢。

自奶奶去世后，我发现爷爷在菜园子里待的时间更长了。每次我找他的时候，他十有八九都会在那里。难道菜园子里有秘密？

我记得奶奶曾跟我说过，这道美丽的带刺篱笆墙，主要是防止邻居家外放的鸡进菜地搞破坏的。以前，只要鸡进了园子，刚栽的小白菜苗就被连根拔起了；栽下的西红柿，好不容易结了青色的小果子，鸡一进园子，马上就把小果子啄烂了，或是把果子从藤上啄了下来；刚长出的小辣椒，更是被啄得凌乱不堪……以前，没有这道篱笆墙时，爷爷奶奶种的菜总是被鸡破坏得不像样子。

爷爷奶奶很心疼自己的劳动成果，为了防止这些鸡进入菜园，他们也是想了很多的办法，比如垒砖墙，用尼龙网子拦……但这些想法都因种种原因被放弃了。不知道是爷爷还是奶奶想的主意，他们在某年的立春之前，在菜地的四周插上了小灌木枸杞，不到三个月，天然的绿色枸杞篱笆墙就形成了。

自从篱笆墙筑起来之后，那些讨厌的鸡终于不能进入菜园子了。有了枸杞篱笆墙的守护，爷爷奶奶就可以安心在菜园子里种菜育果了，而不需要每天提心吊胆地提防着这些鸡。

现在爷爷天天待在菜园子里，我觉得里面肯定有秘密，于是，每天放学后我都会悄悄地观察爷爷的一举一动。

一天下午，放学回家后，我又找不着爷爷了，我想爷爷肯定又去了菜园子。放下书包后，我径直去了菜园子。打开通往菜园子的门，我就看到爷爷正在给枸杞拔草。

有绿油油的“上海青”，有红得像小灯笼的西红柿，有穿着紫袍的茄子，还有美丽的黄色枸杞花……它们穿着耀眼的衣服，在微风中眨巴着眼睛，好像在为爷爷保驾护航……

“爷爷!”我大叫了一声。爷爷没有任何反应，仍然低头拔草。

“爷爷!”我走了过去在爷爷身边蹲下，与他一块儿拔草。

“啊！杰杰回来啦！你别拔了，小心刺扎着你!”我走到爷爷身边后，他才知道我的到来。很明显，他刚才一定沉浸在某种思绪中，才会对周围的情况置若罔闻。

“没事，爷爷，我长大了，不会像小时候一样被它扎着了。爷爷，我刚刚在门口叫了你一声呢，而您没听见!”我故意噘起嘴巴说。

“不好意思哦，杰杰，爷爷刚刚专心拔草呢!”爷爷仍继续着拔草的动作。

“爷爷，你怎么天天来这菜园子啊?”我边拔草边问，眼睛都不敢往他那边瞟，好像一瞟就会被他察觉到我在调查他一样。

“不来这里，我又能去哪儿呢?”爷爷停下了拔草的动作，抬头看向远方的天空，“原来这菜园子都是你奶奶在照管，现在她不在了，当然要我来负责了。”他低头时，我看到了他眼中的浑浊。

“不对啊，爷爷，我以前都是看到你和奶奶俩人在这儿的。”我诧异地说。以前，我确实许多次都是看见他与奶奶一起在菜园子侍弄花草与蔬果的。

“虽然我有时在这里，但主要还是你奶奶在弄。你看，比如这个枸杞，我当时只是与你奶奶一块儿把它们插在了这里，后来都是你奶奶在照顾。你也许只知道枸杞是用来防外面的鸡进里面来的吧？”爷爷深情地看了一眼枸杞，然后把头转向我问道。

“是啊，爷爷，我一直以为种枸杞是用来防止鸡搞破坏的。难道枸杞还有其他的作用？”我充满疑惑地问他。

“当然。防止外面的鸡进园子搞破坏是一方面，但当时最主要的目的还是为了我的眼睛。”爷爷站起来伸了一下腰，然后摸了摸黄色的枸杞花。

“您的眼睛？您的眼睛怎么啦？眼睛怎么又与枸杞联系上了呢？”我疑惑不解，问题一个接一个，我忽然想起了爷爷天天拿枸杞泡茶喝的事。

“枸杞能治眼病啊。在你出生以前，我的眼睛得了一种病，怎么也治不好，你奶奶不知道从哪里听说天天吃枸杞能治眼病，可是当时枸杞的价格对于我们家的境况来说实在有些贵。然后你奶奶就想方设法从外面弄回来了一些枸杞枝，在她的精心培育下，枸杞年年都果实累累呢。在你奶奶的监督下，我天天吃枸杞。也许是上天保佑吧，坚持吃枸杞大约一年后，我的眼病真的好多了。自那以后，我也就养成了天天吃枸杞的习惯，现在哪天要是不吃了，就觉得少做了一件很重要的事，或丢了一个重要的东西，整天都心神不宁，干活儿也会无精打采……”爷爷边说边蹲下继续拔草。

“这枸杞的分枝能力特别强，新枝的生长力也旺得很，每年早春新枝萌芽前我们都要给它剪去老枝，夏季的时候替它剪去长枝，秋季剪去老枝与病虫枝。每次剪枝拔草时，如果不小心，就会被它身上的刺扎到。当年你奶奶为了给我弄这枸杞，手上不知道被扎过多少回，有一年夏天还不小心摔倒在枝丫上面，身上流的血把她的白衬衣都染红了……”爷爷这时的脸上充满了悲伤，好像眼前就是奶奶被枸杞枝扎伤的情景。

“你奶奶患有先天性心脏病，医生是不建议她生孩子的，可是她硬是冒着生命危险把你爸爸给生了下来。当时我在部队，也没办法回家阻止，因为她坚持要孩子，即使赔上自己的性命。我们结婚前曾经商量好了是不打算要孩子的，打算去别人家领养一个。那年生你爸差点要了她的命，还好，在医院碰到了一个好医生才把她从鬼门关救回来。她本来还想要第二个孩子，在我的竭力阻止下她才罢休。”爷爷一直沉浸在自己的回忆里。他语气有些激动，奶奶的“陈年往事”是深深扎进他的骨子里去了。

“女人啊，怎么会那么傻呢？要孩子不要命，为了这个家也宁可舍弃自己。我年轻时在外当兵十年，直到退役后也没给她买过一件衣服，她总是说有衣服穿就行，浪费那些钱干什么。当时我也傻傻地听她的话，每次回家都只带些吃的、用的。她一辈子为我们这个家操碎了心，可是我，甚至连她在这个世界上的最后时刻都没有守在她的身旁……”爷爷很自责。我想起一件事，有一次和奶奶一起找东西时，奶奶找出了她当年结婚时穿的红衣服，那是她这一辈子唯一的一件红衣服。当时奶奶说，那件衣服她穿了近二十年，后来因为身材变形穿不上了，才把它放在了柜底。三十多年前的衣服还收藏着，可想而知，奶奶是一个多么朴素与节俭的人。

听了爷爷的讲述，我终于明白了爷爷为何天天来这菜园子打发时间了，也明白了“睹物思人”的真正含义。爷爷与奶奶之间到底有多少感人的故事不为我知晓呢？所谓相濡以沫、情比金坚……这些形容爱情的词应该都可以用到爷爷奶奶这对普通的农村夫妇身上了。

爷爷曾经在部队待过十年，还曾参加过对越自卫反击战。以前，爷爷最擅长讲的就是战斗中的英雄故事。每次，只要一讲那些英雄故事，他都会神采飞扬，其中猫耳洞，是我听的最多又最喜欢听的词语。而现在，他完全沉浸在对奶奶深深的回忆与思念中。

听着爷爷与我说着奶奶的事情，我又想起了我的父母。一个在南，一个在北，父亲与母亲这对冤家不知道何时才能和好如初，他们也曾相濡以沫过。

# 第十三章　爷爷的转变

奶奶刚去世的那段时间，爷爷每天不是坐在屋里的沙发上一动不动，就是跑到菜园子一忙一整天，有时候身上某处还会被枸杞的刺扎得鲜血直流，可是他一点儿也不在乎。即使走在路上，他也不搭理别人，不管别人对他是如何热情……大家暗地里都觉得他从此消沉了，甚至还有人猜想，他可能也不久于人世了——想不开了，跟奶奶一起去也是可能的。于是，村里还有人特意提醒我一定要注意爷爷的动向，特别是他的心理倾向。没有人知道我那个时候心里有多焦急。奶奶去了，父亲母亲都各自忙自己的生活，爷爷可不能再没有了。他要是没了，我跟谁啊?

我们家那三层欧洲样式的小别墅，上下三层的面积加起来有七八百平方米，就住了我和爷爷俩人，每次放学回家，我都觉得特别清冷。所以只要一到家，我一般都会赶紧把作业做完，然后去找豆豆玩。其实，我也好想拉爷爷出去走动走动，但费了九牛二虎之力，想尽了一切办法，也没有把他拉出大门一步。

一个远房堂伯明宏在山脚下开了个养牛场，以前放学的时候，我与豆豆，还有其他小朋友总去牛场附近玩耍，有时还会帮堂伯看一下放养在山脚下的牛，防止牛跑远，或被人偷了。看牛的时候，我会与豆豆及其他的小朋友边看牛边玩耍，有时候我们还会爬上牛背，学着唐朝诗人笔下牧童的样子在牛背上吹笛子玩儿，然后豆豆就在边上用唱腔背着牧童诗：

所　见

袁　枚

牧童骑黄牛，歌声振林樾。

意欲捕鸣蝉，忽然闭口立。

清　明

杜　牧

清明时节雨纷纷，路上行人欲断魂。
借问酒家何处有？牧童遥指杏花村。

牧童诗

黄庭坚

骑牛远远过前村，短笛横吹隔陇闻。
多少长安名利客，机关用尽不如君。

牧　童

吕　岩

草铺横野六七里，笛弄晚风三四声。
归来饱饭黄昏后，不脱蓑衣卧月明。

那个时候，我觉得自己真的成了古代大诗人笔下悠然自在的牧童……

我们有个让大家刮目相看的绝活——在牛背上倒立。牛儿们因为与我们很熟，所以也就随我们在它们身上折腾，而它们却只自顾自地吃草，最多也就是拿尾巴拍打一下身上的蝇子，或向身边的同伴叫唤几声打个招呼。

堂伯是个公私分明的人，我们帮他看牛，他会给我们一些糖果吃，到了吃饭时间，还会邀请我们一起吃饭，他去县城或市区，时常还会带一些玩具回来分发给我们。因此，对这个堂伯，我们特别喜欢。由于堂伯牛场的牛都是靠我们村山脚下的草喂养大的，没有喂过任何饲料、生长素或添加剂，所以从他的牛场出来的牛肉属于有机牛肉，纯天然、无药残、无激素、无抗生素，具有胆固醇含量低、肉味醇正香浓、口感好、有嚼劲儿等特点，受到了城里人的普遍欢迎。即使他家牛肉的价格比普通牛肉要贵上一倍，也还是供不应求。

每逢周末，我和豆豆做完作业后，就跑到山脚下玩，顺便帮堂伯看牛。那天，正当我教豆豆在牛背上倒立时，堂伯陪同一行人走了过来。他们边走边聊着，还向牛群与四周指指点点。

“豆豆，下来，来陌生人了！”豆豆赶紧从牛背上翻身下来，和我毕恭毕敬地站在牛的旁边。我们看着越走越近的人群大气儿也不敢出。而老牛扭头看了我们一眼之后，又向人群瞥了一眼，继续若无其事地吃草。

“又在牛背上练习倒立呢？豆豆今天有很大的进步哦，杰杰你这个师傅当得好，继续加油！”堂伯走近后，看了一下我们，笑着说。

我和豆豆听了堂伯的话，对望一眼，都不好意思地笑了。

“谭老板，有青翠的山，有碧绿的水，还有这么可爱的牧童，你们这里真是一个现实版的世外桃源啊！”人群中一个眉清目秀的年轻人赞叹道。

“我们这儿确实很美，但若想更美，还离不开你们这些大老板大企业家的支持。”堂伯谦虚地说。

“谭老板，你家的牛肉确实不错，就是牛少了点，我建议你的牛场规模再扩大一倍，只要质量保证，你们家有多少牛肉我就要多少牛肉。”一个身体有些发胖的中年男人说。

“伯伯，你就帮帮我爷爷吧？你看他现在天天窝在家里不出门，有时候连饭都不吃，话也很少说，他要是真的憋坏了身子，我可怎么办啊？”

那天，我从堂伯和那群人的口中得知了牛场要扩大，还要招工人的消息。等客人们都走了以后，我跑到了堂伯家，恳求他让爷爷去他家的牛场工作。

“行，没问题，杰杰，我请别人也是请，请你爷爷也是请，何况你爷爷还是我叔叔，他平时做事又很牢靠。我就请他了。你放心，一会儿我就去你家请他去。难得你这么小就有这样的孝心。”听了我的请求后，堂伯很爽快地答应了。

爷爷刚开始还有些不愿意，但是在堂伯的再三请求下，他终于答应了下来。他答应的那一刻，我心里欢喜得不得了。堂伯告别爷爷后，我尾随他出了门，然后在大门口，对他说了声“谢谢”，而堂伯则摸了摸了我的头。

爷爷第二天就去了堂伯的牛场干活儿。他主要负责看管外放的牛，顺便割一些草，以便给圈养在家的牛补充供给。堂伯的牛场有六个工人，带上堂伯自己，就是七个人干活儿。七个人正好分配到一个星期中的每一个夜晚轮流给牛守夜。每当轮到爷爷守夜时，我就与他一起睡到牛场里边的那个小房子里，那个小房子是专门用来给牛场工人值班用的，里面有床、床单、被子、热水壶，还有做饭的锅。

每到爷爷值班时，爷爷都会拿着自己的床单和被子过去。

“爷爷，那屋子里有床单和被子，你为什么每次都要拿自己的过去呢?”这一天，看着爷爷再一次抱起床单与被子往外走，我忍不住问他。

“傻孩子，那些东西都是你明宏伯伯家的，弄脏了，还得让你伯母洗，这不增加她的负担吗？何况我习惯了盖自家的被子。”爷爷拍了拍腋下的被子，说，“这被子是你奶奶用我们自己种的棉花做的。”

听了爷爷的话，我背着书包默默地跟在他身后。我终于明白他老人家不嫌麻烦拿自家的被子与床单去值班室的真正原因，他怕增加伯母的负担只是其中之一，而最重要的原因就是，他还在怀念奶奶，还没有从失去奶奶的悲伤中走出来。

到了值班室，我帮爷爷把床单被子铺好后，开始做自己的作业。不知道怎么回事，老师那天布置的作业特别多，我从回家就开始做，快三个小时了还没做完。除去在来的路上与铺床耽搁的时间，我至少也做了两个半小时，以前可是最多一个小时就搞定了的。

“快期末考试了，多做点家庭作业对你们有好处。这个学期，我们班的整体成绩在学校乃至学区一定不要落后。我们大家一起加油啊，相信你们是最棒的学生，我们班级是最棒的班级。大家加油!”班主任王老师放学时对我们说的话犹在耳边，而作为班长的我，更应该做班上的领头羊和楷模，包括成绩，包括言行，当然也包括做作业。有时候我真不想当这个班长，可是只要每个学期一开学，班主任都会找我，说什么我责任心强、成绩也好、同学们都听我的……举出我好多的优点来让我当班长，让我都不好拒绝。

“杰杰，今天是你奶奶过世的第二十一天，白天的时候我去她坟上转了一圈，看到坟上都长草了……”爷爷的心情看上去有些沮丧与悲伤。

“爷爷，你怎么不叫我一起去看看啊？草长得那么快啊？”我吃惊地说，真想不到草的生命力那么强。记得奶奶下葬那天，我们明明把坟上的草清除得干干净净的。

“人死不能复生，而草只要有一点根须留在土中，或由风从空中带来一些种子，它马上就能让那个地方生机勃勃。”爷爷无奈地说。

“奶奶一定是化成草在那里看着我们呢。她希望我好，也希望您能振作起来，像草一样有旺盛的生命力。”我随口安慰爷爷说，也不知道这样劝说对他有没有用。草具有无穷的生命力，我们要是能像它们那样就好了。我心想，这样奶奶就不会轻易离开我们了。

“是啊，你奶奶肯定不希望我天天这样沉闷沮丧下去，我应该振作起来。把你和我自己都照顾好，这才是你奶奶的期望！”看他脸上舒展开的眉头，我知道我的爷爷从此不再消沉了，心中欢喜不已。

## 第十四章　偷牛贼

晚上九点多，我仍在做作业，而爷爷心情轻松地拿着手电巡视一遍牛场后回到了值班室。

“杰杰，牛场现在没事，我今天太累了，先睡一会儿，我已经定了闹钟，十二点再起来巡检。你要是做完作业了，也上床睡吧。”

堂伯很通情达理，他虽然定了晚上值班的规矩，却只要求工人们每隔三个小时出来巡视一下牛场就可以了。这巡视工作主要包括给牛加草，照顾一下即将产仔的母牛或刚出生不久的牛仔。牛场四周都垒起了高墙，高墙上面都嵌上了尖锐的玻璃片与铁丝网，谁要是爬上去准会受伤，而且堂伯在牛场的四周都安上了摄像头。堂伯说：“牛场安全得很，除了那几个巡视点，你们就安心睡觉吧。”

牛场只有南北两扇门，其他地方都是高墙，我走进去，就觉得自己像进了牢房一样。而且，虽然堂伯想了不少方法来驱除牛场的异味儿，但是，只要一走进去，我就能闻到那种刺鼻的腥臭味儿。不过为了能与爷爷在一起，我也就忍受了。进去几次，特别是在里面待了一段时间之后，我觉得那种难闻的刺鼻气味也没那么难以接受了。也许这就是古人们常说的：“入芝兰之室，久而不闻其香……入鲍鱼之肆，久而不闻其臭……”

我做完作业已将近十点了。我打了个哈欠，轻轻拍了拍嘴巴，准备睡觉。听着爷爷均匀的呼噜声，我心里特别欢喜。爷爷的心终于放下来了。前段日子，父母离婚、父亲出事、奶奶过世，哪件都让他操碎了心，今天，他终于安下心来了。

为了不吵醒爷爷，我蹑手蹑脚地走到床边，然后轻轻地脱掉了衣服，钻进被窝……可当我躺到床上后，一会儿想想生前慈爱的奶奶，一会儿又想想可亲的母亲，一会儿又想想那熟悉又陌生的父亲……翻来覆去，怎么也睡不着了。

不知在床上躺了多久，突然尿急。我只得慢慢起床，把脚轻轻塞进鞋子，然后又缓缓地移向门边打开门……还好，门没有像往常一样发出吱吱呀呀的响声。要不，我真怕自己弄出的响声把爷爷给吵醒了。爷爷已经不知道有多久没睡过安稳觉了。

出门后，屋外漆黑一片，没有一丝月光，也没有任何星光，只有不远处从牛场大院内透过来的微弱的灯光。这是一个月黑风高的夜晚啊——我心中突然就冒出这样一种想法。有这样的想法，也许是源于前几天我看过一部名为《月黑风高》的小说吧。

借着那微弱的灯光，我摸索着来到小屋旁边的一个角落里解决了尿急的问题，那地上种了几株月季，我心想给月季施施肥也不错。厕所离值班室还有至少五十米的距离，我不想一个人跑过去，何况我等不及了。

值班室在牛场的北边。正当我方便完想返回屋里的时候，突然听到牛叫的声音，我立刻竖起耳朵细听。声音来自牛场南边，然后我好像又听到了有人在移动的脚步声。

"有贼吗？要不要叫醒爷爷呢？"这是我的第一反应，"不，还是别叫醒爷爷了，他好不容易睡着了，一会儿还得起床巡视呢。说不定是我疑神疑鬼多心了，我还是自己先去看个究竟吧。真有贼，我再使劲儿喊人就是了。"

于是，我壮起胆，轻轻地向牛场移动，路上踩着一个小石子发出一声轻微的嘎吱声，把我吓了一跳。虽然是夏天，但晚上还是有些凉意，我被那凉气袭得很想打喷嚏，赶紧闭紧嘴巴给憋了回去……

"我的妈啊，还真有人在偷牛！"好不容易到了牛场的大门边，我透过门缝向牛场里看，只见几个黑影牵着几头牛正往南门口走……

“爷爷，爷爷，有人偷牛啦，有人偷牛啦……”我转身拔腿就跑，而且边跑边喊。

“谁在偷牛呢？”爷爷闻声赶紧起床跑到了门外，紧张地问。

“不知道是谁！他们正在牛场里……”我折返身子带着爷爷往牛场跑去。跑到大门那儿，爷爷利索地把门打开，我俩冲了进去。

只见牛场南门已经打开，几头用毛巾塞住嘴巴的牛惊恐地站立在牛场南门边，看见我们的到来仰头想叫，却叫不出声。而我看见的那几个人却踪影全无，南门外通往不远处灌木丛的地上的草被踩得东倒西歪。

“喂，明宏吗？牛场出事了，赶紧过来。”爷爷掏出手机给堂伯打电话，让他赶紧来牛场。

不到五分钟，堂伯就来了。一起来的，还有他今天刚从外面赶回来的二十二岁的儿子小星。

堂伯和小星察看了一下整个牛场内外，并特意循着草地上的痕迹往灌木丛那边仔细看了看，除了那东倒西歪的草外，没有找到任何偷牛人的线索。

“没关系，牛都在啊！只要牛在就好！”堂伯拍了拍身上的灰尘说，那是刚刚钻牛圈不小心沾上的灰尘。

“明宏伯伯，不用报案吗？”我说。

“牛都在啊，哪儿还用报案！”小星一边数牛，一边嘟囔着说。

“杰杰可是今天的大功臣呢，堂伯一定要好好奖赏你！”拍完身上的灰后，堂伯高兴地对我说。

“不要奖赏了，那是碰巧遇上的，是老天爷在帮你呢，何况杰杰是在帮我履行职责，要不是他，我今天可是难辞其咎了。”爷爷拉着我冰凉的手说，“快，快回屋披件衣服去，小心别感冒了。”

“爷爷，我不冷……”我拉了拉自己那单薄的衬衣，感觉鼻孔内痒痒的，“阿嚏！”我忍不住打了个喷嚏。

“还说自己不冷！赶紧进屋去！”爷爷赶着我进屋穿上了外套。

穿上衣服后，我又跑到牛场内找爷爷与堂伯。那时，他们已经把捂着牛嘴的毛巾都从牛嘴里拿了出来，正把牛往牛圈里赶呢。

“是谁这么大胆来我家偷牛呢?”堂伯边赶牛边自言自语。

“贼喊捉贼吧!”小星在一边嘟囔着说，我看见他双手叉腰，满脸的不悦。

“什么?你怀疑我偷牛?”爷爷正在关牛圈的铁门，他一分神，铁门直接砸到了他正按在铁门门框上的左手。

“你们都是我爷爷叫过来的呢，怎么我爷爷就成偷牛贼了?”我的眼里满是怒火，为爷爷的冤屈感到气愤，赶紧跑到爷爷身边看他的手背。

“哎哟!”我看见爷爷的脸上露出痛苦的表情，他手背上的皮肤已破，血丝慢慢渗出。一道红棱儿出现在手背上，然后皮肤颜色慢慢变青变紫。

“我又没说是你偷牛!这可是你自己说的!哼!”小星眼神儿不可一世。

“放肆!小星，不许污蔑你吉爷爷，没大没小的，滚一边儿去!”堂伯满脸怒气。

“滚就滚，哼!”小星趾高气扬地走出了牛场。

“吉叔，小星他平时被我惯坏了，不懂事，还请你原谅!”堂伯满脸歉意。

“没关系!小星他还是孩子!”爷爷若无其事地说，“只希望你把今晚的事调查清楚，还我一个清白。今晚我还在这里值班，但是从明天起，我不再来牛场干活儿了，你另请高人吧。”

“他还是孩子?都二十多岁了，他还小?不过，吉叔，”堂伯着急地说，“你都认为小星是孩子了，你就原谅他这回吧，明天休息一天，后天继续来这里上班……”

不管堂伯怎么劝说爷爷去牛场上班，爷爷就是不答应。“我暂且背了这‘黑锅’吧!但身正不怕影子斜，事情总会有水落石出的一天!”

天亮交班后，他就拿着床单被子回了家，然后再也没有踏进牛场半步。

听说临近几个村最近都出现过偷牛贼，好一阵子，村民都人心惶惶。养牛的人家都在牛栏旁打起了地铺，有的一家子齐上阵，轮流守夜。牛，一时成了大家最关注的对象。

我真后悔当初让爷爷去牛场上班，导致他背了这“黑锅”。但我相信，真相总有一天会浮出水面。

# 第十五章　爷爷的养鸡场

爷爷从牛场回到家后，也没有再消沉。第二天，他去了一趟县城，我看见他带回了许多关于养殖方面的书籍。那几天，他每天除了给我做饭，偶尔去菜园子转一圈，其余的时间就是看书。

“爷爷，你看这些书有什么用吗?”那天放学回家后，我看见他又在翻养鸡方面的书。

“当然有用了，杰杰，我在家待着闲得无聊，想找点事做。其实我已经想好了，但是还没有下定决心，你觉得我做什么好呢?”爷爷用征询的眼光看着我。

“爷爷，你都快七十岁啦！还找事做啊？要不与七爷八爷他们打打牌、下下棋，打发一下时间也是好的。”我真希望爷爷不要再受累了，前一阵子让他去牛场工作是因为想让他走出奶奶去世的阴影，唤回他的好心情，可是现在，我只希望他安心度过晚年。

“你知道我不爱打牌下棋，现在也没那心思，我只想给自己找点事做，要不我闲也要闲出病来了。何况你爸妈在外面工作都很辛苦的，我这样能为他们减轻点负担。”爷爷叹息道。我知道，爷爷还记挂着为还父亲赌债而欠亲朋好友们的钱呢，他只是没有说出来，虽然奶奶在临终前劝爷爷让他别再管了，但哪个真心疼孩子的父亲会不为孩子着想呢。那些亲友真好，他们不仅主动借给我们家钱，还不来讨债，甚至在碰到我们时，他们也只字不提这件事。

“嗯，那行吧，爷爷，让我想想你到底干什么合适……”我坐在沙发上，左手托腮，右手随便翻动着爷爷从县城带回的家庭养殖书，陷入了沉思。

“鸡，爷爷你可以喂鸡呀！”我突然像发现新大陆一样对他说。

“为什么要喂鸡呢？”爷爷问。

“好吧，爷爷，我给你说说我的想法。”我从沙发上站起来，学着刚从书上学来的古代先生的样子，拉拉衣角，整理了一下衣领，然后摸了一下自己的下巴，忍住笑意，慢悠悠地说。

“别装样子了，快说吧！也不知道你从哪里学来的怪样。”爷爷忍不住扑哧一声笑了。

“为什么要喂鸡呢？一是爷爷你从小就会喂鸡，不用再向他人拜师学艺；二是现在的土鸡很受欢迎，城里人都喜欢乡里的纯种‘有机’土鸡；三是土鸡蛋现在很贵，一个土鸡蛋的价格是普通鸡蛋的三倍。您没看到许多城里人隔三岔五来乡下收土鸡蛋啊？”看着爷爷笑了，我也非常开心。

“哈哈，你真是我的好孙子啊，居然和我想的一模一样，那就这样了，我俩现在就去盖养鸡场去……”爷爷看着我滑稽调皮的语言加动作，居然哈哈大笑起来，我的心里甭提有多高兴了。爷爷终于找回自己了。

说做就做，我和爷爷找来了锄头、铲子、篼箕等农具，然后一起来到菜园子。爷爷用脚在菜园子挨着房子的西边丈量出了大约五米长四米宽的地，然后把上面种的菜拔出来，给了一个家中养猪的邻居。接着，爷爷用锄头和铲子平整土地，而我则试着用篼箕把多余的土挑到旁边的菜地上……

第二天，爷爷从外边买回了水泥、石棉瓦、钢筋等材料，并请来明煦叔叔帮忙……不到一天，一个用钢筋做架子、石棉瓦做墙和顶的简易养鸡场就做成了。在养鸡场内，爷爷还拉进了电线，安上了灯泡。这样，不管白天晚上，我们都可以在里面工作了。

接下来，爷爷从养鸡场买了上百只纯种小土鸡。毛茸茸、黑乎乎的小土鸡，一边迈着小碎步，一边叽叽喳喳叫个不停，简直是太可爱了。

我把一只放在手心，它那软软的、细细的毛摩擦着我手上的皮肤，痒痒的，舒服极了——我真想把它带回我们的房子。

“不许把鸡带回房间！它会在房间里到处拉屎，太脏了！”爷爷命令道。从那以后，放学回家，我只要有空，就来看看那些可爱的小鸡，有时还帮爷爷给它们喂食，打扫鸡场的卫生。

“爷爷，爷爷，你看，鸡趴我鞋子里去了。”那天，我和爷爷一起打扫鸡场卫生，当我弯腰捡东西时，一只小鸡居然跑到我的拖鞋上趴下，清理它的羽毛。这小鸡清理完羽毛后，我还以为它站起来要走了，可是它的小屁屁往后一拱，居然拉了一坨屎在我的鞋子里，我只得提着鞋子，单脚跳出了鸡场。从那以后，我再也不敢让小鸡在我的鞋子里玩耍了。

“爷爷，今天把鸡放出来了吗?”放学后，我又跑到菜园子里去了，看到爷爷正在菜园子里给他新栽的白菜浇水。

“放了啊！你看，它们正在地上玩耍找虫吃呢。时间也差不多了，它们该进鸡场了。咯咯，咯咯咯……”爷爷每天都会把小鸡们在菜园子里放养一阵子，时间到了就学着母鸡叫，用他独特的声音把它们唤回鸡场小屋。

在他的召唤下，刚才还躲在菜叶下玩耍或找虫子吃的黑乎乎的小鸡们就从四面八方赶过来了——小鸡们还真听他的话。

“现在鸡还小，对菜蔬的破坏不大，再过几天，我在这菜园子里还得划出一块大的地方，当作它们的活动场，而我们吃的菜得再用篱笆围起来，以免被它们糟蹋了。不过，家里头现在就我俩，一年四季加起来，也吃不了多少菜，所以，我们家的这一大片菜园子，大部分区域都可以给小鸡做活动场……”

小鸡的生长速度让我觉得不可思议。刚买回来的时候毛茸茸的像个小肉球，没几天，它们的翅膀上就长出了一些粗长的羽毛，腿也变得细长了……

五个月后，母鸡开始下蛋，而公鸡也表现出它们的本性——好斗。

爷爷在养鸡场的小房间里架上了架子，架子上还铺了一些干燥的稻草，晚上的时候，鸡们立在上面休息，而白天，母鸡则在上面下蛋。

一天，我像往常一样进养鸡场捡鸡蛋，没有丝毫的戒备，因为我早已成为公鸡母鸡的好伙伴啦。

可是这一回……

当我用专门装鸡蛋的筛子端着刚捡到的鸡蛋往外走时，我突然听到身后有扑扑棱棱的声音，我赶忙回头看去——我的妈啊，一只大公鸡正朝我猛扑过来。我想躲，可是已经来不及了，那凶神恶煞似的大公鸡已经扑到了我身上，它的尖嘴对着我的后背就是狠狠地一啄——疼，真疼，虽然隔着一层衣服，但依然很疼！我当时真想用手中的筛子砸去，可是一想，筛子里有那么多的鸡蛋呢，我只好端着鸡蛋往前跑，却跑不过发疯的大公鸡。只见那只鸡紧跑几步，又是用力往上一跳，啄中了我的腰——连疼带吓，我眼里居然不知不觉流下了泪珠……

爷爷在屋内听到动静，赶紧跑出来把那只凶恶的大公鸡赶跑了。值得一提的是，大公鸡在战斗的时候，边上有其他的大公鸡也想上来啄我，但是最后还是把战场留给了为首的大公鸡。

后来爷爷对我说，可能是鸡蛋里有它们未出生的幼雏。当时我要是把鸡蛋放到地上，那只大公鸡也许就不会攻击我了，特别是第二次被啄的时候，我要是把鸡蛋放到地上，它应该就不会再“冲锋”了。可是我呢，虽然吃疼，但还是紧紧搂着筛子护着鸡蛋……动物其实也是充满灵性的。

我记得小时候看到大公鸡互斗，稍弱的一方，肠子都被对方啄出来了，那个惨啊。

我们家的鸡蛋每天都会有城里人来买，总是供不应求。他们说我们家鸡蛋的蛋黄与别人家的不一样。

“哪里不一样呢？”我好奇地问。

“你们家鸡蛋的蛋黄比别人家的都黄。从蛋黄颜色的深浅可以判断鸡蛋是不是纯种土鸡蛋。”顾客诚恳地说。

“真的假的?”我将信将疑。

“不信?那你去买个鸡蛋回来比较一下。”那人给我出主意。

“居然是真的，我们家鸡蛋的蛋黄真的比别的鸡蛋要黄……”我特意跑到村里的商店买回来一个鸡蛋敲碎与我们家的鸡蛋做比较。

“我们家孩子只吃你们家的鸡蛋呢，说你们家的鸡蛋特别香，别人家的没味道。”那人又说。

“哈哈，真是我们的荣幸！给，这几个鸡蛋你就不要给钱了，算是我送给你家孩子的礼物吧！以后不管你什么时候来，我都给你留着……”听了人家的赞叹，爷爷又高兴地抓了几个鸡蛋放到了快要出门的顾客手中……

“啊，谢谢叔，那我收啦，下次我还带人来你家买鸡蛋……”那人惊喜地说。

就这样，爷爷的养鸡场越来越大，后来居然有商场经理来我们家订购鸡蛋……

“天天捡蛋是过年，祖孙双双进菜园，十指尖尖把蛋捡，捡起鸡蛋转家园……”爷爷哼唱着被他改编过的最喜欢的花鼓戏段子《扯萝卜菜》，天天高兴得合不拢嘴。我突然觉得他一下年轻了好多，我的心似乎也跟着敞亮了许多，特别是做起事、想起点子来特别快。大家一度都称我是“小诸葛”。

其实，我知道，爷爷最擅长的不是花鼓戏，而是唢呐，花鼓戏是奶奶的特长。我还记得他最后一次吹唢呐，是在奶奶入土前，他在奶奶灵柩前边流泪边吹给灵柩内的奶奶听，那一曲《百鸟朝凤》是奶奶生前最喜欢听他吹的。可是现在，当我再让爷爷吹唢呐时，爷爷都摇头不答应。他只是说，如果我愿意学，他倒是愿意把收藏起来的唢呐拿出来教我吹。

学唢呐，我当然愿意。一是多了一件让爷爷开心的事，二是我也多学了一样本事。

于是，从提出的那天起，只要没事，爷爷都会在晚饭后耐心地教我吹唢呐。许多个无所事事、溜达闲逛的黄昏，村民们都会看到，在夕阳下，一老一少正在认真地吹着唢呐。那时的唢呐声，响彻整个村庄。

# 第十六章　豆豆的家事

“杰杰，我这几天都烦死了。”放学途中，豆豆沮丧地对我说。

“怎么啦，豆豆?”我关切地问。

“我爸爸妈妈天天为了鸡毛蒜皮的小事在家里吵架，吵得我耳朵都快起茧子了。”豆豆噘起嘴巴说，“我现在都不想回家，害怕一进家门就又听到他们的吵架声。”

“你还能天天听到你爸爸妈妈的吵架声，可我……”我眼睛看向天空，心中充满了惆怅。正巧，天空中有一只孤单的小鸟飞过，发出了落寞的声音，我就这样一直看着它飞呀飞呀，直到它消失在我的视线中。

“啊！对不起，杰杰，我不是故意惹你伤心的。我，我……我现在是真害怕回家，现在，我倒挺羡慕你的，一个人自由自在的。”豆豆慌张地与我说，平时他很少在我面前提及他父母，因为害怕惹得我想起远方的父母而伤心。

“豆豆，没事，你很够哥们儿呢！谢谢你这段时间对我的理解与照顾。”我像大人一样拍了拍他的肩膀说。

“那，杰杰，亲爱的‘小诸葛’，你点子多，求求你帮我想个法子，让我爸爸妈妈安静下来别再吵了，好吗?”豆豆诚恳地问。

“哈，你居然也叫我‘小诸葛’，看来真是被你爸爸妈妈烦透了……不过这大人的事，我们小孩子怎么能理解啊?何况，我也不了解你爸爸妈妈!”我双手摊开表示无奈。

“怎么办啊，他们要是再这样吵下去，我就真想离家出走了……”豆豆的表情失落到了极点，“我还以为你会帮我想办法呢。”

“别，豆豆，你可不能离家出走，你离家出走了我可怎么办啊？我就你这么一个贴心的小伙伴。别急啊，办法总会有的，我们一起想。”听说豆豆想离家出走，我心里急了。“这样吧，你先说说你爸爸妈妈到底为了什么天天吵架？”

“我爸爸妈妈吵架的原因其实很简单，就是我爸爸最近在镇上跑出租的生意没那么好了，然后天天回家就拿我妈妈撒气，天天找她碴儿，怪她什么也不会干，只会天天在家吃闲饭。然后我妈妈就与他说理，说自己天天在家照顾孩子，还要干地里的活儿，忙了家里忙地里，每天都累个半死，饭都吃不上，凭什么说她闲在家没事做。难道他天天碗里吃的是天上掉下来的，天天身上穿的是天上的仙女给他洗的……”

“说实话，我赞成你妈妈的说法，虽然你爸爸天天在外面赚钱，可她在家里天天也忙活着，光说家里，做饭、洗衣、拖地、洗碗……哪样不是她干的？除此之外，还要照顾你和两岁的妹妹。说你妈妈在家吃闲饭就是你爸爸的不对了，你妈妈的话也很有理嘛……哦，对了，我找到问题的症结所在了……”我的脑海中似乎一道灵光闪过。

“症结，什么症结？”豆豆急切地问，抓着我的手使劲儿摇。

“停！别摇了好吗？你先把我的手放下。”我把他抓着我的手拉开。

“那你别吊我胃口，赶紧跟我说嘛。”豆豆一副急不可耐的样子。

“症结嘛，就是你妈妈待在家里干活儿，而你爸爸在外面干活儿，你爸爸天天拿回来的钱是可见的，而你妈妈天天在家的付出没人给她付工资，是看不见的，这就是症结所在，对不对？”我扳着手指跟他说。

“妈妈在家里，爸爸在外面……这是什么症结啊？我怎么搞不明白？”豆豆挠着脑袋说。

“难道你变傻了吗？这么明白的事你怎么就不明白了呢？”我拍了拍他的后脑勺笑着说。

“我是笨！你就别绕弯子了，跟我直说吧。”豆豆恳求着，“你没看我都急死了嘛。”

“就是你妈妈如果不待在家里，与你爸爸一样，天天外出干活儿，然后一样拿工资回来，你爸爸就不会说她天天闲在家里，没事干了——这回你明白了吗?”我笑着对他说。

“你是说，我妈妈一定要走出家干活儿赚钱才有自己的地位，才能让爸爸减少对她的埋怨，对吧？要不，不管她在家中如何付出，我爸爸总会理直气壮地说她、骂她，对吗?”豆豆醒悟地回答。

“孺子可教也，哈哈!”我学着古装电视剧中的老者说。

“明白了明白了，终于明白了，谢谢杰杰啊！那我回家就让我妈妈出去找工作去。”豆豆欢天喜地抬脚就想往家跑。

“别急啊，你急什么?”我一把抓住他的袖子。“你妹妹那么小，家里又没人带她，何况你妈妈要是真出去干活儿了，谁来给你做饭吃啊?”

“对呀，大难题又来了。那你刚才说的不是一点儿用也没有吗?”豆豆白了我一眼，把我拉着他袖子的手甩开，无精打采地往前走。

“你别沮丧，说不定我们会找到一个十全十美的方法的。这只是时间问题而已。”我安慰他说。

“好吧，我只好盼老天爷早点把那个十全十美的方法赐给我了。”豆豆仍是无精打采地说。

“我真希望我是亿万富翁，这样，我就能在我们这山下建立大企业、大加工厂，让村子里像我爸爸妈妈一样外出打工的人们都可以守着家工作，让像你妈妈一样没办法出门找工作的人都能在家门口找到工作……”我盯着前面那连绵起伏的山脉若有所思地说。

“我也想成为大富豪！不再让我妈妈在家受苦受累……”豆豆也看了看那青翠的山峦，然后又看着我说。

豆豆的爷爷奶奶过世早，他爸爸明煦一天到晚就只知道用面包车跑出租挣钱，而他和两岁的妹妹都是他妈妈桃花一个人带。

自那天和豆豆谈过心后，我与他天天都在想办法如何阻止他父母吵架，日子一天天很快就过去了。那段日子里，我看见豆豆天天上课都是无精打采的，有时候上课还打哈欠，甚至打瞌睡。在当月的月考中，豆豆的成绩由前几名一下滑到了第十几名。那段时间，我心里其实也不好受，虽然知道豆豆父母吵架的真正原因，可是却没有找到切实可行的办法。

“咦！这是什么通知?”那天，我与豆豆经过村委会门口，突然见到有一张通知单贴在村委会墙上的布告栏上。我与他好奇地凑过去看了看。

“是一个省里免费培训农业栽培与养殖业饲养技术的通知，农业栽培方面有贵重中草药，比如芍药、人参、三七等；养殖业方面，有养兔、养蛙、养泥鳅，还有养蛇……哇，太好了！”我高兴得手舞足蹈，“豆豆，我想到一个帮你爸爸妈妈解决吵架问题的方法！”

“什么方法？快说！”豆豆摇晃着我的手迫不及待地问。他每次急切想知道我的想法时都摇晃我的手，这个动作好像成了他求助于我时的招牌动作。这让我每次都感觉好不自在。

“豆豆，别，先把你的手拿开，我不习惯这样，你以后要是还这样的话，我什么也不告诉你了！”我故意装出不高兴的样子。

“行！以后保证再也不会有这样的动作了！”豆豆有些尴尬，赶忙把手从我手上移开了。

“我之所以不习惯，是因为我总觉得你这动作像个妹子似的，咱们可是男子汉啊！”我挺直腰板儿，像个大男子汉似的说。

“行，大男子汉，快告诉我你想到什么方法了?”豆豆的眼神里满是急切。

“你看这通知，不是有免费培训各种中草药的栽培技术和各种动物的养殖技术吗?”看着豆豆急切的样子，我不再卖关子逗他，用手指着免费培训通知说，“一个星期手把手免费培训，还包吃包住，报销来回路费，这是天上掉馅儿饼的好事，你还不赶紧回去告诉你爸爸妈妈，让他们一起报名参加呀！”

“你的意思是，让我爸爸妈妈报名参加这个免费培训，然后回来他俩一起干？这样能解决问题吗?”豆豆还是充满疑惑。

“两人一起干活儿，然后一起回家数钱，不分彼此，不就解决问题了吗?”我又轻轻拍了拍豆豆的后脑勺，“你的脑袋不会是书上说的那种榆木脑袋吧？不过，平时看你学习成绩还可以啊?”我笑着逗他。

豆豆也笑着说：“我觉得你的想法不错，但还有个问题，如何说服我爸爸妈妈，特别是如何让我妈妈也去参加培训。”

“这有什么难的？你看这上面尽是说服他们的理由，免费培训，包吃包住，还报销往返车费，这后面还有最重要的，就是政府派人上门免费指导，然后还帮忙免费推销……现在去哪里找这样的好事？我看，你爸爸妈妈要是不同意，他们才是这个世界上最傻的人，那就真是无药可救了。如果真是那样，那你就自认倒霉，碰到了榆木脑袋的父母，到时候，你就与他们断绝关系，搬来与我住好了!”我一本正经地说。

“行，今晚我回家试试，他们要是真不同意，我就搬去你家住，总之你家房子那么大，不多我一人!”豆豆跺跺脚说。

回家后，豆豆就把想法告诉他妈妈桃花了。桃花还真是赞成这件事，说这是天上掉馅儿饼的好事，还说现在的政府真是越来越好了，时刻替老百姓着想，为老百姓做事。豆豆高兴得手舞足蹈，赶忙跑出来把这个好消息告诉我。

“可是，说服我妈妈接受只是成功了三分，还有七分全在我爸爸那儿呢，最难说服的就是我爸爸了，要不，你今晚去我家帮我说吧?”看来，豆豆对他父亲是有些畏惧的。

“好，没问题，我今晚去你家。”我答应了豆豆。

“拉钩!”豆豆伸出了他的小手指。

“拉钩就拉钩!”我也伸出了我的小手指。

“拉钩，上吊，一百年不许变，谁变谁是大坏蛋!”我与豆豆两人边说边用力拉钩。

晚饭之后，我与爷爷打了声招呼，就去了豆豆家。在他家门口，我碰到了刚收工回来的堂叔明煦，他正把车停到院子里。

“杰杰来了啊?”堂叔从车里钻出来后向我打招呼。

“嗯，明煦叔叔，您回来啦?我来找豆豆玩儿呢!”说着我便与他一起走进了他家的客厅。

“豆豆，杰杰来了!”一进门，堂叔就朝正蜷缩在沙发上看电视的豆豆喊。

“嗨，杰杰，你来了啊!”豆豆高兴地从沙发上跳起来。

“杰杰来了啊?吃饭了吗?”堂婶从厨房里端着饭菜出来说，“豆豆，赶紧洗手吃饭!”

“早吃过了!我爷爷做饭早。”我坐到沙发上，“芳芳妹妹呢?”

“芳芳她刚睡了。杰杰，要不，过来再吃点儿?”堂婶边盛饭边说。

“不用啦!现在还好饱呢!”我摸摸鼓鼓的肚子说。

“好吧，那我们吃啦!豆豆，你赶紧吃，吃完陪杰杰玩儿去!”堂婶边吃饭边催狼吞虎咽的豆豆，“你慢点儿，别噎着了!”

“你真是个矛盾体，又要孩子赶紧吃，又要他慢点儿!”堂叔在一边笑着说。

“哈，堂婶是担心我在这儿寂寞——对了，明煦叔叔，你天天跑车这么辛苦，干吗不换点其他的事做啊?”我看堂叔说话了，赶紧插话问他。

“我也想换个更赚钱一点儿的项目，但是现在到哪里去找呢?”堂叔看着我说。

“明煦叔叔，你不用找啦，现在就有好的项目等着你，就看你愿意还是不愿意啦。”我趁机说。

“什么好项目?”堂叔询问。

“我今天在村委会门口的布告栏里看到一张通知，说是省里有人给村民们免费培训中草药栽培技术与各种动物的养殖技术……”借着堂叔的询问，我赶紧给他讲了通知的详细内容，见他被打动之后，我还建议他打电话咨询村委会主要负责人。证实后，堂叔居然在电话里就报了名——他报的是牛蛙养殖。

“事情比想象中要顺利多啦!”当我离开他们家时，豆豆把我送了出来。

“耶！成功!”我们俩鼓掌庆贺。

“豆豆，现在吃蛙的人那么多，你就等着你爸爸妈妈成为百万富翁吧!”我高兴地对他说。

“但愿如此!”豆豆也很兴奋。

一个星期后，明煦叔叔与桃花婶婶真的就去了省里进行培训。回来后，他们在家门口泥塘里开启了养育牛蛙的项目……

“杰杰，你这小子还挺会找项目的。真亏了你这‘小诸葛’，叔叔我要感谢你啊！走，今天去我家吃饭去!”两个月后，明煦叔叔拍着我的肩膀说。牛蛙的养殖周期短，从产卵到商品蛙仅需要几个月，从他现在的养殖规模来看，再过一段时间，他养的第一批牛蛙就能卖掉了，那时，至少能赚到两万块钱，而他家的牛蛙是大大小小的都有，牛蛙也在一批批长大。听说已经有许多商家来他家订货了，他见人就高兴地打招呼，天天笑得合不拢嘴。

而养育牛蛙最大的好处，就是明煦叔叔与桃花婶婶俩人每天都齐心协力地照看牛蛙，有钱一块儿数，虽然有时也会拌嘴，但相比以前好多啦。最主要的是，明煦叔叔不再动不动就说桃花婶婶在家闲着没事干了……

从此，我这“小诸葛”的名号，也开始声名远扬。

# 第十七章　城市里来的爱心志愿者

下午第一节课，班主任王老师领着一个帅气的大男孩走进教室。大男孩与王老师还各抱着一摞书。进教室后，他们把书都放到了讲台上。

“同学们，我给大家介绍一位贵宾。这位贵宾就是我身边这位帅气的李然叔叔，他是专门学画画的，毕业于北京某著名美术学院。告诉大家一个好消息，从今天起，我们班每周都会安排一节美术课，由这个城里来的李然叔叔教我们画画，现在，我们热烈欢迎李叔叔的到来！”王老师高兴地给我们介绍了这个叫李然的大男孩。

“李叔叔好！”我们都热烈地鼓起掌来，我当时都想直接站起来用手在嘴里吹口哨了，但一想到是上课，我赶忙忍住了，我相信许多人都与我当时的想法一样——听到有人专门从城里来教我们画画，还是著名美术学院的高才生，我们那个兴奋样儿自然无法描述。

“小朋友们好，我今年才二十一岁，我曾与王老师商量，我是来与大家交流沟通的，所以不想让大家叫我老师。刚才王老师说让大家叫我叔叔，嘿嘿，我觉得大家还是叫我哥哥好了！我想当你们的大哥哥！”李然微笑着向我们挥了挥手。

“李然哥哥！”全班同学异口同声喊道。

“好！谢谢大家对我的热烈欢迎！”李然说完看向了王老师。

“同学们，你们的李然哥哥不仅要教你们画画，还给你们每人都带来了一本关于怎么学素描的书。现在我们把书发给你们。”王老师边讲边与李然一起把讲桌上的书分发到每个同学手中。

从几何石膏开始，到静物写生，再到石膏像的写生训练……由单一到多维，由简单到复杂，从易到难……书一到手，我就迫不及待地翻开来看，很快就对它爱不释手了。

“好，现在书都发到了大家手中，请大家好好爱惜并认真学习它，祝大家在你们李然哥哥的带领下，画画取得好成绩，也祝愿大家画出自己心中的美好蓝图！现在课堂交给你们的李然哥哥，希望大家好好学习！”说完祝福语，王老师就走出了教室。

“素描本是为绘画、雕刻等艺术服务的，后因其流畅、充实和美观的特点，发展成了一门独立的艺术。其题材可以取自任何事物，不受拘束，不过一般以肖像和风景为主。素描作为独立的艺术种类，当然有其独特的艺术价值，但世界上专门的素描艺术家并不多，大都是兼职者，比如达·芬奇、凡·高等诸位大师，他们廖寥几笔的创作草稿就已经价值不菲。这些即便看似寥寥几笔的素描作品，其功力也非常了得，有时随便一条起伏弯曲的线条，体现的却是艺术家对形体、结构、特征、节奏、韵味、艺术史的深刻理解与掌握……素描入门，主要在于平时多练，前期多画几何体，之后画圆，画完圆可画罗马青年、伏尔泰、高尔基等经典素描头像……”李然哥哥旁征博引，深入浅出地给我们讲解素描是什么，并在黑板上教我们画了几何体，他第一堂课就让我们深深地爱上了素描，爱上了画画。

放学回家后，我拿出了母亲的照片，然后按照李然哥哥教的素描方法及素描书上的人像绘画技巧，用铅笔在白纸上慢慢地、慢慢地画母亲的图像，画了又擦，擦了又画，两个小时后，我终于把母亲的头像画得让自己满意了。

弯弯的柳叶眉，微笑着的大眼睛，小巧又高挺的鼻子……仿佛母亲就在我的身旁。

“啪”的一声音，有泪珠掉到了画纸上母亲的脸上，我赶忙用手擦了擦眼睛，又用袖子去擦画纸上的泪水，但无奈，纸的吸水性太好——画纸上母亲的脸上有了一个皱巴巴的难看的“疤痕”。男儿有泪不轻弹，可是我实在是太想母亲了。此刻，我真的好想母亲就静静地坐在我的对面，当我的模特……

第二堂课时，我把自己画的素描带到了教室给李然哥哥看。看了那素描，他居然吃惊地盯着我："谭杰，你原来专门学过画画吗？"

"要说学过也没学过，要说没学过也学过。"我轻描淡写地对他说。

"什么意思，亲爱的谭杰同学？"李然哥哥问。

"我两三岁的时候，我的妈妈就给我买了一些关于画画的入门书，有空时她就在家里陪着我，教我画画。有时候，她还带我在院子里观察树叶的纹路，研究各种树叶的形状，然后回家画树叶；她也会带我看后山，然后指着连绵起伏的后山，教我如何画山；她还带我看树的形状、看小河中浪花飞溅的样子……"我边给李然哥哥讲述小时候母亲教我画画时的样子，边回忆我与她在一起的快乐时光。恍惚中仿佛又回到了她教我画画、带我游玩的岁月。"但我不知道妈妈教我的这些画画方法是不是专业的画画技巧？"

"你妈妈教你的画画方法不是专业的，但胜似专业的教学方法。你有个聪明又伟大的妈妈！"李然哥哥听了我的讲述后不由得给我母亲竖起了大拇指。"你妈妈现在在家吗？放学后我想去拜访她！"

"谭杰妈妈出去打工了，不在家！"在一旁听着我们说话的豆豆抢过话茬儿说。

"哦，真遗憾！"李然哥哥失落地说道。

我拿着画着母亲头像的画耷拉着脑袋回到了座位。因为提及母亲，可她却不在身边，我也很失落。我想她！

放学后，李然哥哥还是跟着我去了我家。爷爷热情地接待了他。我像只小鸟一样带着他参观了我家所有的房间，还有爷爷的养鸡场与菜园子。

李然哥哥惊讶于我家房子结构的设计，他说无论从外部造型，还是内部设施来说，房子都呈现出了不同的韵味，给人不一样的感觉，这肯定是出自建筑设计与室内装潢方面的高人之手。而对于我们家菜园子的枸杞篱笆墙，他也惊叹不已。他说，这既实用又美观，像园林设计师的大手笔……

“我家的房子是我爸爸和妈妈两人设计并施工的，而枸杞篱笆墙则是我爷爷奶奶设计并亲自栽培养护的。”我自豪地对他说。

“高手在民间啊——我终于明白了这话的意义。”李然哥哥话语中充满了赞叹之意。“你爸爸妈妈什么时候回来，我一定拜他们为师！尤其是你妈妈，不从事建筑设计行业真是可惜了……”

我把自己画的素描邮寄给了母亲……我能想象出当母亲拿着我的画时的惊喜与惆怅。她惊喜于我画技的精进，也一定会猜得出画中她脸上那皱巴巴的“疤痕”是我掉的眼泪。

# 第十八章　营救猫咪

“喵，喵，喵……”凌晨五点时，我突然听到了一连串凄惨的猫叫声，之后便再也睡不着了。

“爷爷，爷爷，谁家的猫？怎么叫得那么惨啊！”我起床跑到厨房里问爷爷，那时他已经起床了，正在准备给我做早餐呢。

“也许是你香娥奶奶家的猫被关在什么地方出不来了吧。猫是很聪明的动物，说不定它一会儿就想办法出来了，你放心！你香娥奶奶现在帮她在市里的儿子看孩子去了。她家里的猫生了一窝又一窝，没人照顾，都成了野猫啦！”爷爷边打鸡蛋边与我说。“还早呢，你再回去睡会儿，我六点半叫你！”

“可是那猫叫个不停，吵死人了，我睡不着。”我有些厌烦地回答。

“那你去把衣服穿好，早晨凉得很，感冒了有你好受的！”爷爷严厉地对我说，“赶快回去穿衣服！”

“好！马上！爷爷别生气！”我对爷爷做了个鬼脸，跑回了自己的房间。

“喵，喵，喵喵……”下午放学回家，我听到猫咪的叫声更惨了。“猫咪怎么还在叫啊？这猫咪一定是受伤被困住了，我一定得想个办法把它救出来。何况，它一直叫个不停，吵得我也什么事都做不成啊！”

放下书包后，我对爷爷说了声，然后独自循着声音去找猫咪了。

我听着猫咪的声音来自我们家屋后的邻居家。我从大门出去，绕了个大圈才来到邻居家的院门口。猫咪的叫声就是从他家的杂物房传出来的。邻居家的一儿一女正在上大学，而他们两口子也都出去打工了。整个院子里长满了杂草，院子上方被一棵大大的李子树覆盖着，就像一块天然的篷布，别有一番风景。不过，他家的院墙很简单，是用一大块尼龙网布围起来的，好进得很。那青绿色的尼龙网布还是他们过年时在家喂鸡时买来拦上的。

我轻而易举地把用一根木棍做门框和用一根铁钉做门插销的“门”给打开了。然后，我循着猫咪的声音，小心翼翼地踩着地上的杂草朝杂物房走去。

杂物房分上下两层，下面两间，上面两间。下面一间是卫生间，另一间是喂猪的猪栏；上面一间用来关白天放养的鸡，另一间是专门堆放柴草用的。四间房都用木门关着。

我听声音判断，确定猫咪是在二层的柴草房。要想到二层去，至少得有个梯子一样的东西架着往上爬。可是我左看右看，左找右找，就是没有找到我想要的东西，哪怕一根大一点的木棍也没有。于是我使劲儿地往上蹦，但我的蹦跳能力实在有限，我试了很多次，直至筋疲力尽也只能够到一层门框上面一点点的地方。我还试图通过爬上李子树然后再到杂物房的二层，但是，李子树离杂物房很远，我没有想出任何可用的办法，于是就想着回家去搬梯子来。

回去的途中，我拐到了豆豆家，把豆豆叫来与我一起营救猫咪。豆豆很高兴地答应了。

我们从我家抬来了一个梯子，放到了柴房门口——那梯子正好直达二层的柴房。豆豆在下面扶着梯子，我则顺着梯子往上爬去。听到我们的动作，猫咪有一会儿停止了叫声，它也许正在侧耳倾听，判断来人对它是有害还是有利，暂时忘记了自己的困境与痛苦。我爬上了二层，二层的柴房里堆满了稻秆与柴草，没有门，只有一个正好够我站直的门框。我脚踩到了门槛上，在门口弓着腰往里到处搜寻猫咪，可就是看不到它的踪影——二层静得出奇，连虫鸣声都没有。

“难道猫咪不在这里？我听错地方了？”我对着下面的豆豆疑惑地说。

“肯定在里面，我听得真真切切，杰杰，你试着往里面去找找!”豆豆建议道。

听了豆豆的建议，我试着往柴房里面走——爬着往里走，因为里面的柴草实在堆得太高了，我只要稍一抬头，就会碰到上面的天花板，而天花板上到处都是蜘蛛网——其实我所到之处也都布满了蜘蛛网。我不得不一边用小木棍把蜘蛛网拨开，一边向前爬去。

差不多找遍了整个柴房，我终于在最里面的一个角落里看到了一对亮晶晶又充满恐惧的眼睛，还有一对警惕着竖直的耳朵。

“喵啊……喵啊……”我轻轻地，尽量和善地学着猫咪叫了几声。

“喵……喵……”猫咪小声地回应着我。我看到它的耳朵没有刚看到时那么僵硬，眼睛里也充满了求助的神情。

“猫找到了吗，杰杰？什么情况?”豆豆在下面兴奋地问。

“找到了。是一只有老虎斑纹的小猫咪，它的一只脚被一根麻绳缠住动不了了。”我察看了猫咪的情况后说。“麻绳上有很多地方断了一些细线，应该是猫咪自己用嘴咬的吧，但还没有咬断。”

“那你赶紧给它把绳子弄断就可以了嘛!”豆豆在下面催促。

“麻绳太结实了，我没带剪刀，用手又弄不断，而且找不着麻绳的头在哪里。”我沮丧地回答。我的头上身上已经粘了很多的蜘蛛网，还有蜘蛛在我身上爬上爬下，十分狼狈。

“那我回家找把剪刀去，你等着啊，我快去快回。”我听到豆豆快速踩着地上的杂草离去的声音。

“猫咪，别急哦，豆豆马上就拿来剪刀了，我把这绳子剪断你就自由啦!”我对着猫咪说。

“喵，喵……”猫咪回应着我的话，我看到它的胡须在抖动，它眨了眨眼睛，好像在谢我。

“杰杰，剪刀来了，你出来接一下……”不久后豆豆就回来了。

豆豆爬到梯子的半腰，举着剪刀递给我。我爬出柴房，趴着身子伸手去接剪刀……

“咔嚓”一声，麻绳应声而断。“喵……”猫咪对着我叫了一声，之后爬了几下就到了门口，接着前爪往前一伸，后爪再用力一蹬，一转眼就到了地上，然后一溜烟儿就钻进了前方的玉米地不见了。

我与豆豆轻轻地拨开玉米秆，向猫咪跑去的方向悄悄地追过去，想看看它的窝究竟在哪儿。当来到玉米地的边上，拨开最后一株玉米时，我们被眼前的情景吓了一大跳：只见一条黑白相间的蛇立起了它的半个身子，嘴巴里吐着红红的舌头向一个方向慢慢爬过去；而另一边，是我们刚刚救出来的那只虎纹猫咪，它也正直立着身子，双爪缩紧，好像要扑向蛇，大有与蛇决一死战的架势。

猫咪与蛇决战，猫咪会赢吗？不会刚被我们救下，又要葬身蛇口吧？我心里一急，连忙抓起身边的一个大土坷垃，与豆豆对视一眼后，就对准蛇头猛扔过去，大喊道：“猫咪快跑!”我看见土坷垃扔中了蛇头，猫咪也跑了，我自己拉起豆豆迅速循着刚才来的方向从玉米地里钻了出去，连头也不敢回，心里十分害怕那蛇追过来扑到我们身上……

一天后，我看见四只小猫咪在邻居家一只破旧的大木盆里晒太阳，其中就有那只有着虎纹皮毛的猫咪……再之后的某一天晚上，我发现，那群猫咪居然跑到我家院子里西边的柴火堆上过夜，我熄灯前它们都在我的窗子下叫个不停，并做着各种游戏。我嫌它们吵，可当我出去想方设法赶它们走时却怎么也赶不走……

# 第十九章　义卖报纸

周一第一节课结束后，我去了班主任王老师的办公室，王老师让我把学校订的报纸拿回班上分发给大家阅读与学习。

有《语文报》《数学报》《小记者报》，还有《幽默与漫画报》。

“人手一份，还请大家爱护与珍惜，同学之间互换阅读，尽量做到每个同学都能把各种报纸看一遍，看完后，周五收齐再交到我这里，我再传给其他班级的同学阅读……”

“王老师请放心，我一定做到。我现在就回教室给同学们发报纸去，他们肯定高兴极了！”对王老师说完，我转身飞快地回到了教室。

“我要看《语文报》!”

“我要看《幽默与漫画报》!”

“我要看《小记者报》!”

…………

看我把报纸拿回教室，本来在教室里各处自由玩耍的同学们一下就围拢了过来，争先恐后要拿我手中的报纸。

“大家不要抢也不要吵，报纸人手一份，按组分发，第一组《语文报》，第二组《数学报》，第三组《小记者报》，第四组《幽默与漫画报》，现在请各组组长到我这里来领报纸分发给自己组的组员。大家今天务必看完，明天早自习还请各组组长收回来交给我，我再交换分发……”我有条不紊地说道，如同老师一般。

听了我说的话，大家都安静地坐回到了自己的座位上，然后等着组长发报纸。

学校订的报纸有限，同学与同学之间、班级与班级之间都是交换着看。有时候，传到我们手中的报纸不是缺边少角就是皱巴巴的。但是一般缺边少角的报纸只有少数几张，因为同学们把报纸看得比书还珍贵，看时我们都会小心翼翼地，生怕把报纸给弄皱弄烂了。比如把报纸带回家时，我们总会把报纸叠得整整齐齐夹在美术或音乐等大书中再放书包里。

我是第三组的组员，拿到了一张《小记者报》，《小记者报》是我们市日报社专门给整个市中小学生出的综合性报纸，报纸上有小记者活动、读报说事、佳作园地、亲子时光、经典推荐等内容。趁还没有上课，我拿着报纸赶快看起来……

《义卖报纸献爱心，一起来吧！》——我看到《小记者报》的首页上有小记者活动的通知。

“啦啦啦，啦啦啦，我是卖报的小行家！小记者们，这个周六，想不想做件有意义的事情？来参加小记者爱心义卖报纸的活动吧！届时，你们的劳动所得将全部捐献给我市贫困中小学生，助他们完成学业……”通知中说，参加义卖的小记者在工作人员处领取《小记者报》后由老师或家长陪同，到指定地点义卖报纸募集善款，募集的善款由爱心助学会捐助给我市的贫困中小学生……

“我认为义卖报纸的活动很好，可以通过自己的劳动赚钱然后给贫困学生献爱心，这样的慈善活动我也想参加。”下课后，我拿着《小记者报》来到了班主任王老师的办公室。

“好啊！谭杰同学的爱心行为值得赞扬！学校也正在讨论，由哪个老师带领想报名参加活动的同学前去呢。”王老师对我竖起了大拇指，“等明天确定了，我及时通知你！”

“好的，谢谢王老师！”我蹦蹦跳跳地回了教室。

星期六下午两点，我与学校的另外四名小记者在王老师的带领下，坐班车来到了市区指定义卖报纸的地方。那是市区一条繁华商业圈的步行街，商铺鳞次栉比，人来人往，说话声、叫卖声、电动车摩托车的鸣笛声……各种声音混杂在一起，很是热闹。

我们在一个大商场的广场上集合，当我们到达时，那里已经排了三条长长的队伍，我大概算了一下，至少有两百名学生，加上陪同的家长与老师，至少有三百人。这么庞大的队伍，一个人卖掉一张报纸也有两百份了，两百个学生，每人卖掉十份报纸就是两千份……

报名登记，领小记者袖章，听《小记者报》老师讲解卖报的注意事项，领报纸……一切都有条不紊地快速进行着。

分发报纸的老师居然给我发了十九份报纸，看到满街都是卖报纸的小记者，我心里很没底气："今天我能卖掉手中的报纸吗?"我发现与我同来的另外四名小记者也是满脸愁云。

"这个人不像是会买报纸的!"一个身穿黑T恤牛仔裤的中年男人从我面前走过。

"这个人也不像是会买报纸的!"一个肩挎红包身穿迷你裙戴着墨镜的时髦女郎从我面前走过……

很多的人从我面前走过来走过去，可我就是不敢拿着手中的报纸递过去，我看他们一个个都不像是会买报纸的——我害怕他们拒绝我。十几分钟过去了，我一份也没有卖出去。另外四位小记者也是。时值六月，下午的太阳虽不是太毒，但也很热。我们尽量在树荫下或房屋的背阴处站着。我的脸上已经有细密的汗珠沿脸颊淌下，后背也已经湿透了。

"谭杰同学，你要是不主动去推销，报纸是卖不出去的。"不知何时，王老师已经来到了我的身边。

"可是，我看他们都不像是会买报纸的人!"我对王老师说，"他们看都没看我一眼!"

"呵呵，你还有火眼真睛?!"王老师笑着说。

"我看人应该没错!我刚刚都试了，我是看中了才给。"我挺有信心地说。其实内心里满是胆怯。

"姐姐，买份报纸吧?"看到一个大概是高中生的姐姐拿着一个冰激凌走过来，我终于鼓起勇气走了过去。“我是市《小记者报》的小记者，现在义卖报纸支援贫困学生……”

“多少钱一份啊！”那高中生姐姐停了下来看了看我手中的报纸。

“只要……一块钱，姐姐！”我声音有些颤抖地对她说。

“好！我要一份！我以前也卖过报纸呢，哈哈！”那姐姐说。

“谢谢姐姐！”我高兴地把手中的报纸递给了她。这位姐姐自己以前经历过，她肯定理解我们的辛苦。我终于卖出了手中的第一份报纸，心中的兴奋之情不可抑制。

对面又来了位衣着得体、整洁光鲜、面目慈祥的奶奶，我走上前：“奶奶，我们义卖报纸支援贫困学生，只要一块钱一份，您买一份吧？”

“好孩子，这行动真不错，我一定买！”那奶奶从她的钱包里拿出了一块钱，“按说这报纸我拿回家一点用也没有，但为了支持你们做慈善活动，我一定买！”

“谢谢奶奶！”我心里一阵莫名的感动。终于有人理解我们这项活动的意义了。

…………

小记者们手中的报纸越来越少，有的人早早地就推销光了，而我还站在路边向行人推销……不知不觉中，太阳已西斜，我水杯里的水也喝光了，可手中还有十份报纸。

“再给大家半个小时的时间，要不我们就赶不上回村里的最后一趟车了。”王老师看了看西斜的日头，又看了看手表。

“加油！再坚持一会儿就好了！我一定能卖完手中所有的报纸！”我给自己加油。

“阿姨，买份报纸吧……”

“哥哥，我们是《小记者报》的记者……”

“叔叔，我们今天义卖报纸……”

时间一分一秒地过去，我手中的报纸也越来越少，最后，我手中仅剩一份报纸了……

“阿姨，您买张报纸吧？我是《小记者报》的小记者，现在义卖报纸支援贫困学生……”当看到一个阿姨拉着一个三岁左右的小弟弟走过来时，我赶忙走过去。

“好啊，小朋友！支持你！”阿姨很爽快地从包里拿出了一块钱。“可可，你长大了要像哥哥一样出来锻炼哦……”

“好的，我也像哥哥一样出来卖报纸……”那个叫可可的小弟弟做了个鬼脸调皮地说。

“谢谢阿姨买了我最后一份报纸！小弟弟真可爱！”我高兴地拉了拉小弟弟的手。“小弟弟，我们握握手，好吗？”

“好的！哥哥好！我叫可可！”小弟弟高兴地把手递给我。

“弟弟好！我叫杰杰！呵呵！弟弟比哥哥还懂礼貌！”我开心地笑了。那时，离王老师说的时间还有十分钟。

“一块，两块，三块……”我将手中的钱数了一遍又一遍。全然忘记了自己刚才在烈日下的辛苦。

“谭杰，还没数清楚吗？或许，是不舍得把钱交上来了？”边上的王老师开玩笑说。

“啊，哈，王老师，我是高兴，我今天终于能赚钱了……”我不好意思地回答。

最后，我郑重地拿着手中的十九块钱走向了捐款箱……

“参加小记者爱心义卖报纸支持贫困学生的活动是非常有意义的，不过对于我来说还挺艰辛的，因为这份报纸对有些人来说，并没有什么用处，所以即便才一块钱，也有很多人不愿意买。也许，是我的推销方法不对吧！”我在作文中如此写道，“只有那些真正明白这个活动意义的慈善人士才会拿出一块钱来买我手中的报纸。为了卖出手中的十九份报纸，我在烈日下待了近三个小时，虽然小脸被晒得通红，但我真的很高兴，因为我凭借自己的劳动帮助了贫困学生。这次活动也让我深刻地明白了一个道理，那就是赚钱不容易。还有，要懂得推销，要给自己点压力。有时，不逼自己一把，你就不知道自己到底有多大的能力。”

义卖报纸的活动，又让我多了一份生活体验，让我对美好的生活更加有信心。

## 第二十章　讲神话的老太婆

"杰杰，你妈妈什么时候回来啊？"

"不知道呢，春香奶奶！"

春香奶奶只要一见到我，总是问我母亲回来了没有或什么时候回来，最后总是会带一句话：让你妈妈赶紧回来给你生个弟弟吧，这样你也会有个玩耍的伴儿。而我每次碰到她问时都是匆匆回答一下就跑得没影了。

从春香奶奶每次的话来看，她好像并不知道我父母离婚了的事实，可是她明明知道的。我还清楚地记得我母亲被父亲打得住院的那回，她还在我家院子里责骂我父亲不是个男人呢。

春香奶奶这人除了不靠谱的话多以外，其实人非常好。她家的房子就在山脚下，上山下山的人都会在她家歇脚。夏天，她总会给大家烧好开水凉好，让大家喝；而在冬天，她也会给大家准备好开水，为大家泡上她自己在当年开春时亲手采摘制作的茶叶。人们问她为什么对别人好，她说，这是送子娘娘观音菩萨吩咐做的。她家堂屋前常年供着一座观音菩萨像。

许多人在她家待几个钟头都不想走，原因就是她特别会讲故事，天上的玉皇大帝、王母娘娘，地下的阎王、土地公，人间的就更不用说了，什么哪朝哪代的皇帝哪一年出生、哪一年驾崩，他有几个妃子，几个儿子等，她都知道得一清二楚……让人不得不佩服。可是由于很多故事都是她自己编的，从她的嘴里会说出各种千奇百怪的事，所以大家都说她是个爱讲神话的老太婆。她讲的事大多不靠谱，而且是不靠谱至极。还有，她是我们村唯一一个吸烟的老太太，而且她还像个男人一样给自己喂的猪阉割、接生。

不过，最让我佩服的，不是她的那些个神话故事，而是一件关于她自个儿的事。

曾听村里的老人说，春香奶奶有两个女儿一个儿子，两个女儿都是一儿一女，可她的儿媳芫花自结婚后十年，一直怀的是女孩。芫花怀胎七次，生下了三个女孩，在家人的要求甚至强迫下打掉了四次。在这些年里，春香奶奶在自家的堂屋前摆了送子观音菩萨的像，坚持每天早晨六点早拜，晚上九点晚拜，求送子娘娘给她送个大胖孙子。那些年，计划生育抓得相当紧，她的三个孙女特别是第三个孙女是芫花在这个亲戚家躲躲，那个亲戚家藏藏，最后躲在麦地里由春香奶奶亲自接生的。当看到又是个女娃时，她深深地叹了一口气……三个女孩打小被芫花放在娘家让外婆带着。

当芫花第八次怀孕时，春香奶奶高兴极了，据说她掐指一算，说芫花这次怀的一定是男孩。然后，春香奶奶一个人在自家四壁有墙的院子里挖了一个两米宽两米高的大地窖，从地窖里运出来的土都被她晚上偷偷地挑送到自家刚翻松过的菜地里，然后均匀地撒在各处。不过，她家住在山下，也没人注意到她家的菜地是高了还是低了。她又独自把地窖里的四壁用水泥糊好，然后把家里的一个木板单人床放在了地窖里，席子、床单、被子都被放进了地窖，芫花要换洗的衣服也被放进了地窖。

平时晚上芫花在她自己的房间里睡觉，但是只要外面有个风吹草动，她都会马上钻到地窖里去。白天，芫花一般就在房间和院子里活动，连大门都没出过，只要外头有人来，她总会第一时间躲到地窖里去。

地窖设计在一个大水缸的下面，由一块大石板盖住，石板与院子里其他的地方一样，糊上了水泥，只留下一个小孔进出。而小孔是被一块木板盖着，木板上也涂了水泥，盖上后，不仔细看，任何人都看不出这地下藏有一个地窖。春香奶奶逢人就说，芫花去外地打工了……

一听人说起地窖，我自然而然地想起了学校组织看过的抗日战争的经典战斗片《地道战》。芫花也真够辛苦的。她天天担惊受怕的，肚子里的孩子生出来后会不会有什么毛病呢?

那段日子，隔三岔五就会有村干部或村干部带领的县乡计生干部过来询问与催促，让芫花去结扎。虽然他家已经缴了近三万元的罚款，但是罚款归罚款，人还是要结扎的。

那天，村干部带领乡计生干部又来了，芫花吓得赶紧搬开木板钻进了地窖，连大气也不敢出。

“我也没办法，上面催得紧!”村干部无奈地对春香奶奶说。

“请您体谅我们的工作！每家每户都像您家这样生，那国家到时候连人站立的地方都没有了，您是个有觉悟的人。”乡干部好心好意地劝说。

“我也想让芫花早点回来结扎呢，可是现在她打工去了，地址也没留给我，电话就更别说了。现在我也着急找她，快一年没见了，不知道她现在情况怎么样呢，要是再找不到她，我就要在报纸电视上登寻人启事了。电视报纸都没个熟人的，到时还得请你们帮帮我啊……”春香奶奶哭诉着说。找不着人，村干部与乡干部也拿她没办法，只好悻悻地走了。

“没个传宗接代的，我家的根不是要断了吗？到时候谁来给我儿子养老啊!”等干部们一走，春香奶奶自言自语道。

瞧着干部们真的走远了，春香奶奶把大门关好，然后来到了地窖旁边。

“芫花，出来吧!”春香奶奶敲敲木板。

“妈，干部都走了吗?”芫花憋着嗓音问，她真害怕自己的声音一大就被附近的计生干部听到了。

“早走啦，放心出来吧！现在太阳正好，让我孙子晒晒太阳……”春香奶奶抬头看了看太阳说，“今天的太阳快下去了，你再不晒，就要等到明天了。”

“好，我马上出来。妈，你帮我把木板拿开！”芫花爬到了楼梯上。

“好！拉住我的手……”春香奶奶把木板搬开后，把芫花拉到了地面。

“妈，吓死我了，这何时是个头儿啊！”芫花摸着自己突起的肚子愁眉苦脸地说。

“没事，芫花，再吃一个月的苦就好了。你只要给我们家生个大胖伢仔，就是我们家最大的功臣。”春香奶奶把木板盖回原处……

“芫花，你回来了吗？”围墙外有声音不轻不重地响起，是个女声。

“妈，这是谁啊？”芫花听了声音，吓得直打哆嗦，憋着嗓音问。她的双腿此时如灌了铅一样，想挪也挪不动。

“是你二婶喜凤，别怕！”春香奶奶轻轻地对芫花说，“你还进地窖去，我来应付她。”

“是我在自言自语呢，妹子，你有事吗？”春香奶奶边对外面说，边搬木板，示意芫花进地窖。

“嫂子，你就别骗我了，芫花的声音我还听不出来吗？自家人你就不要防着了。”喜凤贴着墙壁说，“你就别让芫花躲了，赶紧让我进去，我与你说个要紧事。”

“你有什么要紧事说呢？”春香奶奶只好犹豫着把门打开，把喜凤让进屋。

“嫂子，你让芫花从地窖里出来吧，藏了好几个月了，对大人与孩子都不好。其实村子里大部分的人都知道芫花在家里藏着呢。”喜凤一进屋就说，她的眼睛到处瞄。

“谁看见她在家了？”春香奶奶一阵紧张。

“半个月前，村里的喜子在你家后院的树上扒鸟窝，正好看见芫花从地窖里出来，他下树之后就跑去告诉了别人。现在村里的人差不多都知道了，就你与芫花还蒙在鼓里，以为我们大家都不知道呢。”喜凤说。

“什么？那村干部都知道了？”春香奶奶嘴里急，心里更急。“坏了，坏事了！”

“没你想象中那么坏。村干部肯定是知道芫花在家了，但没有向上面汇报。他们也是希望你有个孙子的。何况，即使没人看见，你家天天关着个门，村里的有心人也早猜着芫花在家了，只是大家都心照不宣！”喜凤笑着说，“所以，你平时还是让芫花多出来走动走动，晒晒太阳吧。”

“哦！”春香奶奶放下了自喜凤奶奶进屋后一直放在门框上的手，没了先前的戒备。

半个月后的一个傍晚。

“妈，我今天的肚子怎么开始疼了？”芫花双手捂着疼痛的肚子说。

“怎么了？你昨天不是说还有半个月的吗？”春香奶奶吃惊地问。

“我也不知道怎么回事！”芫花的脸上满是痛苦的表情，“妈，我觉得他马上要出来了……”

“这么快？也对，这回肯定很快，你都生了三个了。”春香奶奶赶紧进厨房烧火、找剪刀……

“芫花，加油，孩子马上就出来了……芫花，先与你说个事，等会儿啊孩子生出来后，我用被子把他捂住，别让其他人听到了……”春香奶奶边帮助芫花催生，边与她说。

“好的，妈，我全听你的。”芫花边忍着疼痛用力，边说……

“伢仔，真是个伢仔呀！芫花你立大功了！”孩子出来后，春香奶奶一手托着孩子，一手拿着边上的被子包住他。

“哇，哇……”孩子的声音从被窝深处传出，声音虽然变小，但还是听得很清晰，路过的人肯定能听到。

“这娃声音怎么这么大啊，捂都捂不住！”春香奶奶焦急地说。

“妈，你别捂太严实了，小心孩子透不了气……”芫花也着急地说。

“放心，我有分寸。他可是我孙子呢。”春香奶奶白了芫花一眼……

“芫花，还有个事我得与你商量一下。”一个小时后，春香奶奶用牛奶给孩子喂奶后，把孩子放在芫花身边睡下了。

“妈，你说，什么事?”芫花亲昵地摸了摸熟睡中的孩子，内心充满着感动。

“我想把孩子送到县城你姨家去，怎么样?”春香奶奶看了看芫花，又看了看小孩子说。

“为什么?”芫花很是疑惑，“我不想把我孩子送出去。我想自己带。”

“要是村里知道你生了孩子，而且是个伢仔的话，一定会又来罚款的，肯定至少上万。我儿子虽在外打工，可一年也挣不了几个钱，家里除了我，还有你们五张嘴要吃饭，我们现在去哪儿找那钱去呢?”春香奶奶眼神坚定地说，“而且不能让人知道我把孩子送出去了。”

“那怎么办才是万全之策呢?”此时芫花的心中非常纠结，她的心一阵一阵地疼，就如刚刚孩子出生之前的阵痛。

“我得让村子里的人都知道你的孩子生下来就没了。”春香奶奶说。

“我的孩子本来好好的，您怎么可以咒他?”芫花有些生气。

“这只是权宜之计。只有这样，我们才能不被罚款。何况，话都是说的。我孙子一定福大命大。”春香奶奶解释。“一会儿趁孩子熟睡，趁着天黑，村里路人少，我用麻布袋背着孩子送到你姨家，你就在家好好养身子。要不到明天，孩子一哭，想瞒也瞒不住了。”

“好吧!”芫花无奈地说，眼泪随之顺着脸颊流下。她的心比刚才更疼了……

“我家真是没福气啊，芫花生了个男孩儿，可是生出来就没了……”第二天一大早，春香奶奶就在自家的大门前大声哭诉。

“怎么说没就没了呢?芫花昨天不是还好好的吗?”旁边的喜凤奶奶跑过来将信将疑地问。

“是啊!可能是芫花她在地窖里待久了的原因吧，身子弱，那孩子也弱。”春香奶奶一把眼泪一把鼻涕，“妹子，我怎么就这么命苦啊!他爹去得早，现在好不容易得个孙子吧，太阳还没见到呢，就没了。”

“芫花呢？芫花怎么样了？”喜凤奶奶边问边往里屋走去。“芫花，孩子呢？”

“孩子被妈带出去，说是埋了……”芫花的眼睛红肿着，看来她的伤心是真的。孩子一出生就离开自己，当母亲的哪有不伤心的呢？心中的痛，也许只有她自己最清楚。

“啊……那你放宽心吧，把身子养好再说，身子好了，还怕以后没孩子吗？”喜凤奶奶安慰芫花说。

往事归往事，那个当年被春香奶奶送往姨奶奶家养育的孩子现在都十八九岁了，他考上了上海的一所名牌大学，他每次给我留下的印象都是风流倜傥、前卫洒脱。芫花的丈夫现在在市里成了有名的建筑商，脖子上总戴着一条明晃晃的大金链子。她的大女儿是我们当地某中学的优秀教师，二女儿当了医生，小女儿学了一手理发的好手艺，在市区开了一家时髦发廊。当年躲在地窖里的芫花现在天天像个大姑娘一样打扮得花枝招展，根本看不出她是个快五十岁的女人。

# 第二十一章　山歌王子

“杰杰，市电视台来采访贵爷爷了，我们也去看看吧?”周六早晨，我正在床上睡懒觉，豆豆跑到床边来推我。

“采访贵爷爷？为什么?”我揉了揉惺忪的双眼坐起来问。

“听说贵爷爷山歌唱得好。我爸爸刚从贵爷爷那儿过来，说心怡姐姐请来了市电视台的一大群人，有人还扛着个大摄像机在那儿拍来拍去呢。我听说有热闹看就跑来邀请你了，嘿嘿!”说完，豆豆摸了摸自己的后脑勺。

“行，我和你一起去。”我一骨碌爬起来，穿起凉鞋跑到水龙头边简单洗漱了一下就与豆豆往外走。

“吃个煎饼吧!”当我们走到门口时，爷爷往我手中塞了个鸡蛋煎饼，然后又往豆豆手中塞了个鸡蛋煎饼。以前从不做饭的爷爷，自奶奶去世后，也慢慢地学着给我做各种美食，虽然离奶奶的水平还差一截，但我越来越喜欢他做的美味食物了。

“谢谢爷爷，我就不要了，我刚吃过早餐了!”豆豆把自己手中的煎饼又放回爷爷手中。

“吃吧，客气什么！小孩子多吃点长身体。”爷爷又把煎饼放回了豆豆手中。

“吃吧！在我家你客气什么!”我拉着豆豆就跑出了院子。

“早些回来吃午饭啊……”爷爷在我们身后大声说。

“山歌难打口难开，石榴好吃树难栽，杨梅好吃高山岭，鲤鱼好吃在深潭……”

当到达贵爷爷家附近时，我们就听见了贵爷爷亲切又粗犷的山歌声。

“好！好！好！”

“啪！啪！啪！”

一曲刚完，传来了赞不绝口的叫好声与鼓掌声。

“再来一个，贵爷爷！”

“再来一个，贵爷爷！”

…………

大家要求贵爷爷再来一曲！

“莫唱哩，莫唱哩……呵呵……呵呵……”

贵爷爷有些不好意思，他只好憨笑着。

可是停了一会儿，贵爷爷又唱了起来：“清早起，露水深，打下荷包花手巾，十八哥，花手巾花不出门，丢掉我情姐好记性……”

“贵爷爷，听说您能唱男又能唱女，要不，您给我们来个男女情歌对唱？”待贵爷爷的歌声一落，市里一位记者说。

“好吧……”贵爷爷微笑着说。

女声：“情哥哥，行路行姐屋行得稀，转转来了杀细鸡。”

男声：“十八姐，莫烧水来莫杀鸡，那边你的丈夫回来哩。”

女声：“十八哥，你只落心大胆吃细鸡，我姐有个主意在心里。回来骂他个王文装土地，一对白狗赶到竹山里。”

“贵爷爷，再来一个情歌对唱！”歌声一落，又有人起哄。于是，贵爷爷歌声又起。

男声：“情哥哥打伞去游街，脚上穿双好丝鞋。”

女声：“十八哥，一无姐姐二无妹，三无嫂嫂四无妻，问郎的丝鞋哪里的？”

男声：“十八姐，一无姐姐二无妹，三无嫂嫂四无妻，郎的丝鞋石子街前买的。”

女声：“十八哥，你莫扯哄莫扯白，郎的丝鞋我晓得，昨日看到上边屋里十七十八打鞋底，下边一个二十二三团鞋边。”

……

“贵爷爷，这山歌您都十多年没唱了吧?”有记者问。

“至少二十年了吧！生产队时唱得最多，特别是插秧的时候，二十世纪八十年代也唱过，后来就很少唱了。”贵爷爷微笑着说。我看到他嘴里的牙齿都快掉光了。

“贵爷爷，您什么时候学的山歌?”记者又问。

“十多岁。”贵爷爷还是微笑着说。

“您今年都九十岁了啊！七十多年了，您现在还记得那么清楚，我们好佩服您啊。”记者边说边向他竖起了大拇指。

“嘿嘿!”贵爷爷又不好意思地笑了，好像他还是一个未见过世面的害羞孩童……

“贵爷爷，再给我们来段插秧歌吧?”记者又要求。

“那好吧，我再来支插秧歌。”

“插秧忙，一行又一行，整整齐齐一样长，到秋来稻花香

踏车忙，田里水汪汪，得了水水儿不怕荒，晒着太阳光。

割稻忙，个个喜洋洋，辛苦年年供食粮，好百姓在农乡。”

贵爷爷其实是砌匠，就是砌墙建房的，按城里的说法就是建筑工人，或者叫农民工。他的三个儿子都是子承父业，全是砌匠，然后三个儿子又教了很多的徒弟，徒弟又教了很多的徒弟，于是他的徒子徒孙具体是多少数也数不清了。他的徒子徒孙们在全国各大城市搞建筑，不知道有多少幢大楼是由他们建起来的，有的徒子徒孙还走出了国门，把手艺带到了国外，给其他国家的建筑事业做出了贡献……但是贵爷爷从没有去城里做过工，他砌的就是农村农户人家的普通住房。

上个月，贵爷爷九十大寿，他的儿孙们，还有散布在全世界的徒子徒孙们都赶回来给他祝寿。那些十几米长的祝寿条幅很是耀眼：

寿域宏开合家庆，福星高照满堂红；酒洌花香待贵客，家和人瑞祝遐龄；九秩华年精神爽，十分好景幸福多……

我看到有记者在拍贵爷爷在门口小河边的自留地。贵爷爷的自留地周边都用小河边长出的小竹子编成了篱笆，里面种了各式各样的蔬菜。

每年贵爷爷都会背个大竹篮，竹篮里装满了自己种的蔬菜，然后到外边卖……

“我能做就多做点，多种点蔬菜自己吃菜不愁，多余的蔬菜卖掉赚点小钱也能帮后辈减轻点负担嘛。”当别人让他少做些事时，他总是这样回答。

值得一提的是，贵爷爷九十岁以前，一直住在他的老屋里。那老屋应该是我们村现存的保护得最好、年代最久远的老屋，建于二十世纪二十年代，是那种纯土砖砌的土坯房子。那种房子分堂屋、茶屋（即客厅）、卧室……结构错落有致，是二十世纪我们那里最典型的农村庭院建筑。我觉得它特别漂亮。听爷爷说，我们家的老房子原来也是那个样子。

# 第二十二章　白鹭

我家门前的那条小河，从山脚下的水库途经我家门口，一直延伸到我们校门口前面的水田边。

有一天，我们上完上午的四节课之后就放学了。因为第二天是周六，有的是时间做作业，所以在回家的路上，我与同学们一路边玩边走。

村里的小河是小孩子们的天堂。

春天，小河边铺满了各种野花，还可以采小竹笋；夏天，我们可以在小河的浅水处蹚水玩儿，还可以捉鱼捉螃蟹；秋天，可以采摘河里的高笋，看鸭子在河里嬉戏；冬天，我们会在河边采摘一大把芦苇带回家当鸡毛掸子。王老师对我们说，小河边常见的芦苇，其实就是《诗经》中所说的"蒹葭"，"蒹葭苍苍，白露为霜……蒹葭凄凄，白露未晞"。放学后，我们最喜欢做的事情就是沿着小河漫步回家，虽然长辈们一再提醒甚至禁止我们沿河走，但许多时候我们只是当作耳旁风了。

有一次，我们沿河而走时，行至一个小水坝，我们脱掉了鞋子赤脚下水捉螃蟹。小河里的螃蟹很多，每年我与小伙伴们都会下水去捉。螃蟹是非常灵活又狡猾的水中动物，至少在我看来是这样。那天，我在河水里翻了上百个石头才看到一只巴掌大的，可是，正当我小心翼翼，又急不可待地伸手去捏它的壳时，一眨眼，它就爬到了一块大石头下面，然后当我翻开石头时，就再也看不到它的影子了。

"看，那不是白鹭吗?"当我与豆豆正合力前后围捉螃蟹时，从小河边上经过的另一拨同学突然兴奋地喊。

“白鹭？在哪儿？”我顾不得去捉螃蟹，到处寻找白鹭的踪影。

“在那儿！”随着那位同学手指的方向，我看到一个白色的影子在空中越飞越近。

近了，近了，我看到它的身体纤瘦而修长，羽毛是白色的，嘴、颈、脚都很细长……

只见它在我们头顶盘旋了一下，然后就飞到了河边水田的一根线杆上立着，那片水田还没有翻耕，全是杂草，相当于一片沼泽地。它周边的大多数农田都已经深翻，农民们正准备插秧。现在只有沿河的水田才会用于插秧，离河远一点的田，要么改成了玉米田，要么就是荒着。一是因为水不够，从河里抽水上去成本太高；二是因为缺人手，现在的年轻人大多去远方打工赚钱了，留在村里的一般是六十岁以上的老人及儿童。现在还耕田插秧的，是那些闲不住的老人。

我迫不及待地爬上河岸，连鞋子都来不及拿，就与同学们往那水田边跑去……

“停！大家不要跑了！”跑了几步，我突然想起什么，就招呼大家停止了前进的脚步。“我们还没到，说不定白鹭就飞跑了。我们远远地看一会儿吧！”

“好！”大家听了我的话，都停了下来。

“泥鳅，看，它正吃泥鳅呢。”我们看到那白鹭在水田里东走走，西走走，还不时地用它的长嘴在田里啄几下，然后叼出一些细长的东西吞咽，我猜想那一定是泥鳅。

大约过了五分钟，白鹭扇动着翅膀飞到了小河边的一棵大柳树上，然后把头扭向后背，用嘴巴梳理着它的羽毛，再接着，我们就发现它在树上面蹲着不动了……

“也许它累了，在闭目养神呢——走，走吧！我们不要打扰它休息了！”在我的建议下，大家又返回小河里捉螃蟹去了。

“前些日子，虎伢仔还想拿鸟铳打鸟呢！还好，他被公安局带走了！”豆豆说，“要不，他知道来了白鹭，这白鹭非遭殃不可。”

“虎伢仔迟早会回来的！到时我们齐心协力说服他不要打鸟、捉鸟好了。他没有我们想象中那么坏。”我说。

几天后，我们又一次从小河边经过，我发现在那只白鹭停歇过的大柳树上，有两只白鹭正在那上面互相啄羽毛玩儿呢。

没过几天，我看到柳树上又多了几只或梳理羽毛或引吭高歌的白鹭，看来，它们不是来这里做客，而是来定居的。又过了一段时间，我发现柳树上面多出了一个大大的窝——我知道，那是白鹭的家。白鹭在我们村安家了。

白鹭在柳树上玩耍休息，人们在树下的田地里工作……多么和谐，多么美妙的一幕啊！

我记得爷爷曾经说过，原来，我们村子里什么都有，比如狐狸、野猪、狼，甚至连老虎、狮子都有，兔子、野鸡、蛇，这些常见的小动物就更不用说了。可是不知道从何时起，我们村连只小麻雀都难得一见了。听说，原来村民猎杀鸟儿时，为了吸引它们经常会用嘴巴或喇叭来模仿鸟儿的叫声，比如模仿布谷鸟的叫声：“布谷，布谷……”

不过，近来，也许是人们越来越重视和谐生态环境了，村里各种动物越来越多，各种小鸟就更不用说了，它们天天都在窗外叽叽喳喳地叫个不停。

能看到白鹭重新在小河边安家，我的心里不知道有多高兴。我赶紧回家把这消息告诉了爷爷，而且写信告诉了远方的母亲。

# 第二十三章　野猪

村子里不仅飞来了白鹭，还来了野猪。成群的野猪出没，把村民们种的许多蔬果都糟蹋得一塌糊涂。四五亩地的红薯一夜之间就被野猪拱个精光，几亩地的小树苗也被它们践踏成了平地，它们吃玉米连秆儿都不留……

有天晚上，野猪居然越过了我们家的枸杞篱笆墙，进到了菜园子里，把园子里的菜吃的吃，拱的拱。还好，爷爷听到鸡的叫声及时赶到，否则整个鸡棚子也会被野猪们毁了。

当爷爷打开房门时，他看到一群野猪正准备用身子撞击鸡棚，鸡棚上有的铁皮瓦已经变形了。棚内的鸡正在惊恐地乱飞乱跳……爷爷想都没想，拿起身边的大锄头就向野猪们挥舞着砸去——看见来了人，野猪们也停止了攻击，拔腿就往篱笆外飞奔。当我跑出房间时，看到野猪们正扑腾着越过枸杞篱笆墙——那情景把我深深地震撼住了，我张大嘴巴站在那里一动也不敢动。

第二天一大早，爷爷去了村委会，他在门口碰到了同样来村委会告野猪状的五爷。

“再这样下去，可不行啊！我们一年的辛苦全白费了。我们一定得想个法子治治野猪才好！”当自家的玉米地又被野猪夷为平地后，五爷实在是咽不下这口气了。

“行，最近好几个人都来我这儿告状了。我们就想个法子好好杀杀野猪的威风。”村主任说。

村主任、五爷，还有我爷爷及其他几个村民一起商量了对策后，就开始行动了。

他们在野猪经常出没的空地上放了些玉米与谷粒，还有红薯，希望野猪们能来吃。可是野猪的警惕性还是很高的。

前两个晚上，放在地上的东西一点儿也没少。那两个晚上在远处观察的五爷及爷爷说，他们看到野猪们发现了食物，可是它们在食物堆几米外的地方看了好久，也没过去吃一口。它们成群结队地来，又成群结队地走了，有十多头呢。后来它们还去了水库边洗澡。

第三天晚上，野猪们又来到了放粮食的地方。刚开始时，它们远远地站在一个土坡上不动，几分钟后，它们就慢慢地走到了粮食旁，领头的野猪先用鼻子闻了闻食物，然后又用嘴巴拱了拱食物，发现没什么异常后，就吃了一小口，吃的时候就像我们第一次品尝某种食物时的表情，接着就大口地吃起来。其他的野猪看见它吃了起来，也都围过来吃……

看见野猪们吃粮食，五爷和爷爷心里暗喜。等野猪走后，他们在原先放食物的地方打了几个铁桩，并加上了铁丝。在第四天天黑之前，他们在原先放粮食的地方，又放了些粮食。到凌晨两点的时候，他们看到野猪又来了。野猪看到铁桩与粮食的时候，着实被吓了一跳。它们在铁桩外停留了很久，好像在商量什么似的，接着有野猪用鼻子闻了闻铁桩，并用獠牙咬了咬。确定它们不能吃后就放弃了，然后它们就又一起把粮食吃光了。

第五天，五爷与爷爷他们又在原来的铁桩边上加了几个铁桩，缠上了结实的铁丝，并且与原来的连在了一块儿，这一晚野猪们还是来把粮食吃了……直到第九个晚上，所有的铁桩围绕起来成了一个圈，五爷他们还在一个铁桩上安了一扇铁门，形成了一个真正的铁栅栏。

那天晚上，正值月中，月亮高高地挂在天上。

爷爷、五爷及村主任等六人早早地守在了铁栅栏周边，只是有人远有人近，各自所在的位置不同而已。这一次我也请求参加了逮野猪的行动！这么刺激又有意义的活动我可得争取参加，要不，我可会遗憾一辈子的。递烟敬酒说好话……我学着大人的样子求了爷爷又求村主任，真是费了九牛二虎之力才求到这难得的机会。

我们一动也不敢动地趴在有遮挡的地方，头上还戴了自己新制的草帽，以防被野猪发现。这草帽是用他们刚从地上拔下来的草做的。这主意还是我想到的呢。主意的灵感来源于我之前看的一部解放战争的电视剧。电视剧中解放军在打伏击时都戴了就地取材编织的草帽。

等待总是漫长的。我学着大人们的样子趴在那里不敢动。大群的蚊子在身边嗡嗡地飞个不停，我的身上还被咬了许多包，虽然我有备而来——穿了长衣长裤，却无济于事……

“想去就一定要听我们的指挥，跟着我们行动，要不趁早别去。”我还清楚地记得临行前村主任对我说的话。我当时狠狠地点头答应一定会听从指挥，就害怕他不让我去。现在被蚊子咬过的地方奇痒难耐，加之都过了十点了野猪还迟迟不来，我真有些后悔过来了。

“今晚野猪不会不来了吧?”我对着同样趴在小土堆后的爷爷说。这些小土堆是在野猪第一天光顾时就已经备好的。

“你后悔了吧?”爷爷调侃我说。

“蚊子太多了。”我不好意思地说。

“再坚持一会儿，说不定马上就来了呢。”爷爷鼓励着我。

于是，我们继续在原地等着。我们从天刚黑大约七点半就开始在那里等。

“哇——哇——”山脚下响起了乌鸦粗哑的叫声。

“嘘！大家不要再出声了，野猪来啦！”大约十一点的时候，村主任提醒我们说。乌鸦的叫声其实是埋伏在山脚下的五爷模仿发出的。这是我们事先约好的暗号。

不到几秒钟，我就看到一头野猪跑了过来，它的速度很快，我还没反应过来它就已经跑到栅栏边了……不对，今晚为什么只有一头野猪呢？前几天不是有一大群的吗？我来不及多想。

"你不要害怕啊！没事！"爷爷轻轻地提醒着身如筛糠抖个不停的我，"等野猪进了门就赶紧把绳子拉上！"

结实的如大拇指粗的麻绳放在地上，另一头拴在铁门底部，上面铺了一层薄薄的泥土，它和铁门成一百三十五度角摆放着，离栅栏很近，而食物离另外一边的栅栏很近，所以野猪一般是不会踩到上面的。

"拉！"爷爷对我大声说，"野猪已经进去吃东西了！"

随着爷爷双手的力道，我也用尽全身的力气。

"咣当！"随着铁门与铁桩的碰击，村主任从另一个埋伏方向飞也似的来到了铁门前把门用铁闩闩上了。随即我看到受惊的野猪在铁栅栏内乱转，它好几次都试着跳出栅栏，可是怎么也跳不到两米多的高度。它嗷嗷大叫，不时用它的獠牙撕咬铁丝与铁桩，却都无济于事……我看到了野猪惊恐的眼神。看着野猪的反抗，我心里的滋味儿真不好受。我甚至想求爷爷他们把它给放了。可是，怎么可能呢？

"让它随便在里面折腾吧！等它明天折腾累了，我们再收拾它！"村主任安排两个人在那儿值班，其余的都回家休息去了……至于第二天收拾野猪的细节，因为我上学去了，所以不得而知，我也不想知道。直到第二天晚上，爷爷把喷香的野猪肉端上桌子让我吃时，我坚决拒绝！整幢房子内都弥漫着野猪肉的腥味儿，我胃内直翻腾，赶紧跑到了院子里！闻着野猪肉的气味儿，我想到了头一晚野猪在栅栏内狂乱地奔跑的样子和它那惊恐的眼神……爷爷在屋内直摇头。

不过也真是不可思议，自从那头野猪被捕后，那成群的野猪再也没来村里捣乱——它们居然消失得无影无踪了！可是它们跑哪儿去了呢？它们会不会集体被人屠杀了呢？后来，听进山林深处采草药的一位爷爷说，他在树木最茂密的地方看见过野猪排出的新鲜粪便……原来，野猪还在，只是不再出来祸害村民了，我心中的疑问解决了，也不再担心了。

野猪来了，白鹭也来了，以后会不会有老虎、狮子等大型动物来呢？我不得而知，但我在期待着，兴奋地期待着。

# 第二十四章　打牌的邻居奶奶

野猪消失了不再来害人，而害人的，还有其他的东西。打牌，应该算是其中之一了。

自从父母外出打拼之后，留在家中和爷爷相依为命的我成了真正的留守儿童。可是我们村的留守儿童不止我一个，村里绝大多数的儿童都是，像豆豆这样父母都留在村里的真没几个，我有时候真是非常羡慕豆豆。

我有个邻居——五十多岁的张奶奶，她一人在家照看三个儿子的五个孩子。大的孩子十几岁，已经上初中了，小的才刚学会走路。虽然大的放学后或假期能帮忙照顾一下小的，但是我看张奶奶有时也忙得够呛，特别是吃饭的时候，张奶奶不仅要做饭还要给小的喂饭，还要给不会盛饭的两个三四岁的小朋友盛饭。这边还在喂饭呢，那边又开始叫奶奶盛饭了，那她自己的吃饭时间自然就没准儿了……可是不管如何忙如何累，张奶奶都会抽出时间来与人打牌。

因为喜欢打牌，她在村里有许多的牌友，男的女的，老的少的都有。牌友们有几个固定打牌的地方，张奶奶家就是其中一个点。这一天，又有许多牌友们聚集到了张奶奶家。两张桌子边全坐满了人，大家边打牌出牌，边嗑着瓜子吃着糖果，说着一些笑话，真是热闹。因为是周六，我和豆豆等几个小朋友在她家附近玩耍。张奶奶的几个孙子也和我们一起玩耍。

快到十二点时，牌友们都准备收牌回家了，小朋友们也陆陆续续被大人们喊回家吃饭了，我也正准备回家。

"毛毛，毛毛……你们有谁看见毛毛没有?"张奶奶焦急地跑过来问我们。我们都摇头说没看见。毛毛是张奶奶那个才一岁多刚学会走路的小孙子。

"毛毛哪儿去了呢？十一点左右的时候他还来找我要了块饼干吃呢！现在我哪儿也找不到他了！"张奶奶话语中透着焦急。

"你们几个都干什么去了呢？要你们多看着点他多看着点他，你们就是不听，现在人找不到了，要是有个三长两短，我怎么对得起毛毛啊！"张奶奶对着旁边几个耷拉着脑袋也很焦急但又有些委屈的孙子说。张奶奶家三个儿子生的五个孩子都是儿子。

"我刚刚还看见毛毛在房子里玩儿呢！怎么转眼就不见了?"二孙子苗苗说。

"不会有人把他抱走了吧?"有牌友突然说。

"是啊！不会是人贩子给抱走了吧?"许多人异口同声。

人贩子！人贩子抱走小孩！有可能！

前几天我们学校还传言村里进了人贩子。说是有人开着一辆专修平房漏水的面包车在村里转悠，只要看见单独行走的小孩子就引诱他们上车，甚至直接就抱进车里拉走，然后送到外地去卖了。还有人说，有地方卖孩子的心脏、肾脏等器官，这些器官就是从那些被拐卖或偷来的孩子身上取下来的。还有人说这事就发生在他临村亲戚的孩子身上，还好，那孩子机灵，逃了出来……这些话，被传得有模有样、有鼻子有眼的，吓得我们这些小学生都不敢单独上学或回家了。

"大家赶快帮张婶去找孩子啊！要是人贩子抱走了，肯定也走不远。大家分开找，同时赶快给附近村庄的人打电话，特别是马路边的住户，让他们看到可疑人物、陌生人及可疑车辆就拦下……"牌友吴说。听说他曾经在大城市开过饭店，各种各样的人都见过，脑子转得快，交际能力强。

听了他的话，大家有的打电话，有的沿着马路分头找，有的骑着摩托车加足马力往村口追……

看着大家都帮忙寻找小孙子，张奶奶感动不已，泪如雨下。“拜托大家了！一定要帮忙找到毛毛！要不，我也不想活了！”

张奶奶原本有六个孙子的。去年的同一天差不多也是这个时候，她有个三岁的孙子小五独自走到马路上，被一辆货车给轧没了。孙子出事那会儿，张奶奶也是在打牌……

“报应啊！真是报应！”一想到去年那死去的孙子，再想到如今失踪的小孙子，张奶奶哭倒在地上。而其他两个三四岁的孙子也围在她身边号啕大哭。

“柱子，柱子，你要干什么？”牌友吴焦急地喊，“快，快，快抢掉柱子手中的刀！”

我看到张奶奶的大孙子柱子拿着一把菜刀从屋内冲出。

“柱子，很危险！快放下你手中的刀！”

“我要把她的手砍了！看她以后还打不打牌！”柱子哭喊着挥舞着手中的菜刀，“看你们谁敢来抢我的刀，谁抢我就砍谁！”柱子口中说的“她”，就是指张奶奶，大家一听就明白。

“你奶奶养育你们几个不容易！你生下来就是由她带大的，快放下刀，听话，有话慢慢说。”有牌友劝说。

“我不想认她这个奶奶了！去年因为她打牌，小五没了，今天又因为她打牌，毛毛又丢了！我实在受不了了！”他看着被挡在人群外的张奶奶说，“你们都让开！要不，呜……”我看见他双颊上热泪长流，最后哽咽得说不出话来。

看着柱子手中挥舞着的菜刀，大家都不敢近他的身，更别说抢他的刀了……

“让开！”

“柱子，砍人是犯法的事，快放下你手中的刀！而且你作为大哥哥，也没有照看好毛毛啊！”

“大家别拦着了，就让他砍吧……”

“奶奶，奶奶，毛毛找着了……”

正在大家不知如何是好时，张奶奶的二孙子苗苗跑出房门大喊。

“毛毛在哪儿?”大家齐喊。

“毛毛在哪儿?”柱子扔掉了他手中的菜刀，抹了一把脸上的眼泪，然后跑到门口抓住苗苗的肩膀着急地问。

“哥，毛毛在床底下睡觉呢!”

“什么?!”

大家一窝蜂地拥进了卧室，看到毛毛蜷缩在钢丝床下的地板上睡得正香……

# 第二十五章　二柱傻子

找到了毛毛，一阵唏嘘过后，我拨开人群从张奶奶的房子里走出来……

“杰杰，你看，二柱傻子过来了！”在张奶奶家大门口，我的女同学影儿一边指着马路上走过来的人对我说，一边害怕地往人群里钻。

“没事的，影儿，我们这么多人在这里，你还怕二柱傻子？”我身后跟来的豆豆说。

“嗯！”影儿神情尴尬地点点头，就钻进了人群。

我看了看马路上的二柱，又看了看在人群中踮起脚尖用害怕的眼神看着马路上越走越近的二柱的影儿，心里有种说不出的滋味。

二柱四十多岁了，但智商差不多相当于一个幼儿园的小孩子。据说他小时候不吵不闹，她妈妈看到别人家的孩子淘气，总认为自己的孩子非常乖，不给自己捣乱，却不知道是二柱大脑发育不正常。现在村子里只要有孩子淘气，特别是男孩子，大人都说孩子淘气好，不淘气的说不定就像二柱傻子一样。男孩子可爬高上梯，追狗捉蛇，如何淘气都行，就怕他像个文静的女孩子一样坐在那里不动，不哭也不闹。

虽说二柱智商低，可是他对每件事情都很积极。他常说要脱女生裤子。听大人们说，脱女生裤子这件事，是一些无聊的男人女人在开玩笑时指使他做的，久而久之，他就记住了。只要一看见女生，不管是妇女还是女童，他都会先对别人说：“把裤子脱了！”

有些妇女不怕他，一听他那样说，就拿起棍棒追打他。二柱也怕打，所以，对于那些敢反抗的妇女，他被打一次之后就再也不会说第二次了，除非是有些无聊透顶、唯恐天下不乱的人在旁边教唆并给他壮胆。但那些小学女生和初中女生绝对都害怕在路上碰到他。上学或放学的路上，她们从来都是结伴而行，即使是结伴，每天也是提心吊胆地走在路上，提防着他。如果远远看见他走来，她们一定会赶紧躲起来或绕道而行。要是有人喊一嗓子“二柱傻子来了!”保证有人会吓得东躲西藏，甚至有人会吓得哭起来。

好像一眨眼的工夫，六月已经来了。

六月天的一个下午，太阳毫无一点怜悯之心地照射着大地，知了已经热得都不敢出来叫了，蚂蚁也不敢爬出洞找食吃了，大家都穿得特别少。男孩子就是T恤短裤，女孩子呢，要不就是连衣裙，要不与男孩子一样也是T恤短裤。

临近期末，天又热。大家放学后都急匆匆地往家赶。

“二柱傻子脱女生裤子了！二柱傻子脱女生裤子了……”前面有同学大喊。

“什么!”听到喊声，我赶紧飞奔向前。以前没见过，只听说过二柱傻子会说脱女生裤子的话，想不到他会真的脱人裤子。

“臭流氓！臭流氓！呜……”匆匆地跑了几百米，我看到二柱在前面的大路上半跪着要脱一个女生的裤子，而那个女生也半跪着，一边哭一边拼命拽住自己的牛仔短裤……旁边几米外站了一个邻村的男生，十几米外站了两个女生，我见过她们，她们与那个抵抗的女生都是四年级的学生。刚刚大喊“二柱傻子脱女生裤子了”的人就是那个男生。那个男生还在那里喊，手中还拿了一根大拇指粗的棍子，可是就是不敢往前，而另外两个女生互相抱着傻傻地在那里看着——也许是被二柱傻子突如其来的行为吓到了吧。

我边着急地往前跑着，边看路边是否有大一些的棍子，可是眼看快到二柱他们的旁边了，我也没有看到有比那男生手中更大的棍棒。突然，我看到路边的草丛里有一块拳头大的石头，我想也没想就拿起那块大石头往二柱身上砸去……

“当!”石头砸中了二柱的后脑勺!我看到二柱的手从那女生的身上移开摸向了自己的头。然后我看到了他满手的血!

被欺侮的女生迅速从二柱身边提着裤子跑开。我低头看到一粒黑色的扣子掉在地上。我捡起扣子也跟着那女生跑了，旁边的其他人也跑了。追上那女生后，我把扣子塞到了她的手上，那时，我看到她满脸的泪水，她哽咽着对我说了声“谢谢”。

当天晚上，被欺侮的女孩的父母找到了二柱的家中又吵又闹，可是二柱家中只有一个年近八旬又驼背的老母亲!

后来大家都说我去得真是及时，否则，后果不堪设想。不过，也亏得那女生的力气大。

之后，二柱的老母亲带着二柱堵住我家的大门，又哭又骂地让我出医药费，说如果不出的话就天天躺在我家大门口不走了。爷爷不得不带他去村卫生所包扎了伤口。

还好，我扔石头的力道不大，而石头也没有砸中二柱头部的要害，他的头只是破皮出血了，否则爷爷不仅要出钱为他包扎伤口，我也可能会被送到派出所去，虽然我是出于救人的目的。对于这件事，我也非常后怕，心想，假如我一石头把二柱砸没了怎么办呢?

# 第二十六章　重男轻女

晚上，大人们都聚在村子的小卖部门口聊天乘凉，而小孩子们则围在一起做游戏。

“走吧！影儿，回家了！”影儿妈妈大喊着。

“妈妈，你就让我再跟杰杰他们玩会儿嘛。”影儿央求着。

“不行！我说回家就回家！”影儿妈妈厉声说，她怀里八个月的娟子突然哇哇大哭。

“婶儿，你就让影儿与我们玩会儿嘛，我们正玩丢沙包的游戏……”我帮影儿求情。

“走！影儿！你现在不走以后休想再出来玩儿……”影儿妈妈铁青着脸，任她怀中的小女儿娟子哭闹，也不去哄一下。

影儿不得不委屈地把她手中的沙包给我，然后不情愿地跟她妈妈走了……

第二天，我问影儿她妈妈为什么头天晚上突然强行把她叫走，不让她跟我们玩了。

“都是桂香婶婶的原因。桂香婶婶那臭不要脸的昨晚又当着许多人的面给她儿子把尿。以前她老是这么做，尤其是当我妈妈在场时，她特别得意。她总是向外人炫耀她第一胎生的是儿子，第二胎生的又是儿子，而我妈妈一连生了三个女孩。”影儿说。

“影儿，你怎么骂人?”我有些吃惊，平时文文静静的影儿怎么学会骂人了？同时，我也想起了头晚确实看到桂香婶婶当着大家的面给她儿子把尿的事。不过，这事，在农村很普遍的。我并没觉得有什么，想不到影儿的妈妈反应这么强烈。

“我学我妈说的。”影儿有些不好意思。“不过，桂香婶婶实在是有些过火了，她就是欺负我妈妈只会生女孩。”

“现在都什么年代了，还这么重男轻女啊？”我有些不服气地说。

“你不是女孩子，当然体会不到当女孩子的滋味儿。你们男孩子是能传宗接代的。许多人不是都说女孩子就是赔钱的货嘛，总有一天嫁出去，就像泼出去的水，想收都收不回来。”影儿难过地说。

“你不是总说你爸爸妈妈对你们三姐妹都很好吗？”我对影儿说的话有些怀疑。

“我爸爸妈妈是对我们好！有人家要拿男孩子来换我们三姐妹我爸妈都不愿意，他们说守着我们三姐妹过日子很好，还说一定努力把我们三姐妹都送进大学里去，学好本事，去大城市找个好工作。”影儿声音有些低沉压抑，“可是我知道我们家中如果没有一个接班的男孩子，人们会永远看不起我们！我们连说话的底气都不足！所以，我倒是希望我妈妈能给我再生个弟弟，这样他们在人前才能抬起头来。”

“家中如果没有一个接班的男孩子，人们会永远看不起你们？连说话的底气都不足？这是什么逻辑？我不明白。”我真不明白，这都什么年代了，还有这么严重的重男轻女的封建思想！

“你不明白的地方多了去了！虽然现在计生的人来我家老劝我妈妈去结扎，说是生男生女都一样，可是事实真的不一样，特别在我们这种地方，别人的白眼，别人的奚落都会把人丢进无尽的烦恼中去。我能体会父母的苦衷，何况，现在的农村父母，十个人中至少有九个人的骨子里还是想要男孩的。”影儿像大人一样地说，“我想你永远也不会明白我们家为什么与桂香婶婶家不和的原因吧？虽然她是我的亲婶婶。”

“你们那么亲，不和的原因难道就是你家三个女孩，而她家两个男孩？”我怀疑自己是不是说错了。

“对极了！你终于当了一回明白人！”影儿笑着说。

“为什么？我还真猜对了？”我狐疑地问。

“原来我妈妈与我婶婶关系极好的，好得就像亲姐妹，特别是我婶婶刚过门那会儿。可是，自从我婶婶生了第一个男孩子，特别是生了第二个男孩子，而我妈妈则生了我的小妹妹后，我婶婶便骄傲得像皇太后一样，对我妈妈指手画脚，让我妈妈干这干那，背地里还与人说我妈妈天生就是生女孩的命，不会生男孩，而且她还说，我们三姐妹迟早会嫁出去，我家的地迟早会是她家的……我妈妈当然不愿意了，怪她背地里说我家坏话，对我家居心不良，如此一来，两人的关系一天比一天僵……”影儿像背书一样地说。“她不仅自私、自利，而且还是个自恋狂！”

“哦，原来是这样！”对于影儿说的事，我觉得简直就像故事一样。

“不这样，难道会怎样？”影儿对我撇撇嘴，“你们男孩子怎么听也听不懂，就像听天方夜谭一样，我懒得与你说了……”

我与影儿虽然是同学，是同龄人，可我总觉得她的思想要比我成熟得多，她说的话，在不知情的人看来显然就是一个大人说的，而不是出自一个小学生之口。

有天，我和豆豆在桂香婶婶家门口玩儿。我看到桂香婶婶给她儿子把尿时，小孩子尿偏了，把尿都尿到了她裤腿上，那尿就顺着她的裤管往下流……而她却没有发现。

“桂香婶婶，您小孩子的尿流您裤子上了！”我赶紧告诉腿动也不动的桂香婶婶，我以为她大脑走神，心思不在小孩子身上。

“我知道的，我害怕我的腿一动孩子就不尿了，把尿吓跑了……”她若无其事地回答。

听了她的话，我瞠目结舌。我还以为她不知道呢，原来她是怕把孩子的尿吓跑了……我真想不明白对孩子如此好的人，为什么重男轻女的封建思想如此严重呢？她自己也是女人嘛，而且是二十世纪八十年代出生的人，难道她没有上过学，没有受过新思想的教育吗？也许正如影儿说的，就是她的自私、自利、自恋在作怪吧！

给孩子把完尿后，桂香婶婶有事，要我和豆豆帮忙照看下她的小孩。我俩答应后就陪小孩子在堂屋里玩。

那刚学会走路的小男孩特别顽皮。他一会儿爬上小凳子要抓桌子上的东西，一会儿又趴地上捡掉落的小玩具，一会儿又把不知道何时掉地上的一颗早已沾满灰尘的糖块儿往嘴里塞，然后我俩赶紧去夺，可是又夺不过来，他偏要吃那颗脏了的糖，又哭又闹……好不容易我们用做鬼脸的游戏把他给逗笑了，可是他又要去追屋外草地上的鸡，我们只好又跟过去。

看着他踉踉跄跄地跑，我们害怕他摔倒了，一个在左，一个在右地跟着。在草地上，鸡没追着，他又被一块小石头绊倒了，手还抓了一把鸡屎，我们只好抱他去洗……不出半小时的时间把我和豆豆累得够呛，我们只好把他抱回屋里让他坐在凳子上，我俩也坐在凳子上休息。

“哇……”屁股还没坐热呢，小孩突然就哭了起来，我和豆豆不知所措。玩得好好的，没磕着没碰着，为什么突然就哭了呢？

与此同时，小孩子离开了他坐着的凳子开始弯着腰走路——与刚才在草地上追鸡时走路的样子完全不同。于是我绕到了他的身后——他的屁股上不知何时长了条尾巴——由于他穿的是开裆裤，一根筷子插在他的屁股上。我的天呀！

“桂香婶婶，桂香婶婶，快来——”遇到这突如其来的情况，我和豆豆真不知道如何应对了，只好使劲地叫桂香婶婶快过来。

“怎么啦！”桂香婶婶从屋内快速地跑了出来。

“筷子插到孩子屁股里去了，你快把它拿出来吧！”豆豆着急地说。

“哦！没事！”桂香婶婶一边说一边把筷子从她儿子的屁眼儿里拿了出来……

原来，那调皮的小男孩不知何时把从桌子上拿的筷子插到了那个带孔的小塑料凳上，最后又不知道危险地坐了下去……我与豆豆哭笑不得。

# 第二十七章　网络骗子

“杰杰，听说心怡姐姐家安装了无线宽带，我们去看看吧！”周五，放学的路上，豆豆对我说。

“我们村里终于有无线啦，那我有时间可以拿我妈妈留给我的电脑去找心怡姐姐，让她帮我在网上找兼职赚钱去。到时我就可以边赚钱边玩游戏了。”听说有了无线网络，我的心里很是兴奋。

“好啊！到时把你的电脑也借给我玩玩哦。”豆豆一脸兴奋。“我妈妈连她的手机都不许我碰，还是你好，没人管你！”

“你存心要惹我生气，是吧？”我故意装作生气的样子。我平时最不想听到的就是别人说我没人管了。

“没有，真不是存心的。我只是羡慕你自由。”豆豆充满歉意。

“我妈妈虽然不在我身边，但总是打电话教育我的。我感觉她就在我身边一样。”我自信又有些遗憾地说，“我妈妈从来都没有管我。”

“好啦，不说了。你赶紧把书包放回家，然后我们一起去心怡姐姐家玩游戏。”豆豆转移话题。

“嗯，好的。”我点头答应。

心怡姐姐是堂伯明帆的大女儿，她自生了孩子后就带孩子在娘家待着，听说她的老公在省城开了一个公司，对心怡姐姐也特别好，心怡姐姐想要什么想干什么，他一般都不阻拦。心怡姐姐想回娘家住，他就开车把她们娘俩儿送回了家，然后又自个儿开车回去忙他公司的事。

现在城里到处都有宽带、无线网，智能手机上网方便得很。尽管娘家什么都好，可是心怡姐姐回家刚几天就待不习惯了，就是因为家里没网。虽然可以用流量上网，但流量消耗得太快，看个网络电影都不方便。后来心怡姐姐就去镇上电信局开通了家里的网络——如今，中国电信的网络电缆已经联通到了村口，而心怡姐姐娘家就在离村口不远的地方，电信工人只要拉上十几米的网线到她家就可以安装了。

自从心怡姐姐家安装了无线路由，大家都去她家用免费的网。无线上网就是方便快捷，不管是打游戏，还是看电影、电视剧、网上购物。心怡姐姐对大家都很好，我们遇到不会的问题，她都会耐心地教我们。

在农村，“网上购物”是件新鲜事，我还是从心怡姐姐那里学来的。听说现在的城里人都很少去逛超市逛商场了，需要什么，只要点开手机或电脑的网上商场，选中自己所要的东西，付款后自会有人把东西送到家里来。但我们这个地方由于网络还没有完全普及，网上购物的人不多，物流也不完善，所以，心怡姐姐在网上买的东西还是得去镇上拿。

听说心怡姐姐为了自食其力，还在网上找到了兼职。也听说这兼职很容易找，只要会上网的人都会做。我也会上网，那我是不是也能找到兼职？我要是能在学习之余找个兼职赚点小钱，攒起来帮父亲还点儿债务，那该多好！

“我遇到网络骗子了！”一到心怡姐姐家，她就对我与豆豆说。

“网络骗子是什么？”我与豆豆异口同声地问。

“嘘！小点声！别让我爸我妈听到了，要不，他们又会来数落我了。”心怡姐姐把手放到嘴角，轻声对我们说，“他们会说我在家不好好带孩子，净搞些乱七八糟的东西，被人骗。”

“好……”我与豆豆相视而笑。

“现在的网络骗子渗透到了各行各业，就像现实中的骗子一样，为了钱无所不为。原来我找的兼职是帮朋友在微信上卖衣服。可是卖衣服赚来的钱很少，后来，我为了多赚点钱，又在网上找了个兼职，却被人骗了。”

“姐姐，你怎么就被人骗了呢?”我心中充满了疑问，看了一眼豆豆，豆豆正看着我，然后我俩同时把目光移向了心怡姐姐。

“怪我防备心不强吧。太容易相信人了。”心怡姐姐叹了口气说。

“那姐姐给我们说说事情的经过吧，让我们也长长见识，防止以后也掉到类似的骗局里。”我恳切地说。

“好的。这是我写的日记，上面记录了事情的经过，你们拿去看看就明白是怎么回事了。”心怡姐姐边说边打开了她电脑上的一个文档给我们看。于是，从她的日记里，我们看到了她被骗的整个过程。

以下就是她日记的内容：

昨天孩子睡了以后，我就在网上找兼职的信息。

我从网上打开了一个网页。那个网页有虚拟的接待客服人员，长相可人，声音柔美，说可以在里面找到打字员的工作，还可以挂 YY、挂游戏等，在家就能轻轻松松创业。打字员是什么我一想就明白，可是挂 YY、挂游戏我却不太明白，于是客服给我解释说是将他们公司的一个软件安装到我的电脑上，我的 YY 号就能自动给 YY 上各个需要的频道增加人气，如给网络主播增加人气等。

我从网上了解到，YY 是一个综合娱乐直播平台，任何人都可以在上面注册，于是我就注册了一个账号。挂游戏也是用我的 YY 号给网络游戏捧人气，客服是这么讲的，我听得似懂非懂。每打一千字二十元，每挂一小时的 YY 或游戏可赚五到二十元，而且打字与挂 YY 可以同时进行。她们说要交押金，我也同意了，然后开始犹豫交一百块还是一百九十块。因为交一百块是普通会员，只能打字，而交一百九十块是高级会员可以打字与挂 YY。她们说，高级会员可以打字与挂 YY 同时做，从而赚更多的钱，为什么不同时做呢，于是我同意交一百九十块做两项了。我以前从没想过在家就能轻松创业，哪有这样的好事呢?

我加客服为 YY 好友的时候，她们要我把我的 YY 加好友功能设置为“拒绝任何人添加”，说是为了防止我被其他人骗。现在想来，骗子提醒我被骗真是太好笑了，那是因为她们怕自己的骗子行为被别人揭穿而设计的。

我微信转账前考虑自己是否遇到了骗子。我加了对方微信后没有马上转账，后来她们又给了我另外一个微信号让我加好友并提醒我转账。我加好友时发现，对方已经是我的好友了，我在这时应该意识到自己遇到了骗子的，可是只是疑惑了一下。可我微信转账后再给她发信息，她就不再回复了。于是，我确定自己遇到了骗子。但为了搞清真相，我还是听她们的安排进了她们所在 YY 频道的另一个房间，说是培训。

前面接待人员已经明确说明不用再交任何押金，可是我一进培训房间，里面提示说要我按级别交，交钱越多得到的级别就越高，挂一次 YY 赚的钱就越多，至于押金，说是当晚就能完全退回。既然当晚就能退回，为什么还让交一次呢，不是自找麻烦吗？我把整件事想了想……终于明白她们是一步一步地拉你进套儿，直到把你手中的钱榨干为止。我突然想起了电视上报道的，有人居然为此被骗了二十多万元——兼职没找着，自己倒被洗劫一空。

那个所谓的培训人员继续以各种方法在那里用语音劝说我交钱，说了两个多小时，她自己还说，她为了我，连厕所都不敢去上，怕怠慢了我。她们在这上面真是用心啊。

“心怡姐姐，那你报警了吗？”看完日记后，我担心地问。

“是啊，你报警了吗？”豆豆也焦急地问。

“没，本来想报警的，但是后来没有。”心怡姐姐说。

“为什么？”我与豆豆又是异口同声。

“想给她们一个改过自新的机会。”心怡姐姐轻描淡写地说，“我已经给她们发信息要她们赶快停止骗人，她们还太年轻，都是大学生，可塑性还是很强的，就像你们俩一样，只要有人开导她们，她们就有可能悬崖勒马，做一个诚实、不欺不诈、坦坦荡荡的好人，我真心希望她们能改过自新。世界上赚钱的路子有很多种，为什么偏偏要选择欺诈这一条越来越窄的绝路呢？”

被骗了还劝骗子改过自新，心怡姐姐也太善良了吧！世界上还有比她更好的人吗？我没有从日记中看出心怡姐姐对骗子有半点厌恶。我想心怡姐姐写日记记录被骗的经历，也许只是为了警醒自己多长个心眼儿，下次别再被骗了吧。那些骗子真可恶！

我觉得心怡姐姐与母亲是一类人，她们都是心善至极、美丽至极之人。

“唉，我还想让你帮我找兼职来着，可是你却被骗了，看来我找兼职的希望更渺茫了。”我叹了口气说。

“你不好好上学，找什么兼职啊！”心怡姐姐听了我的话，很吃惊地说。

“我这不是听说网上兼职好赚钱嘛，还能边上学边赚钱。这才把我妈妈留在家的笔记本电脑搬了过来。”我把手中的电脑往她面前一放，沮丧地说。

此时，豆豆走到心怡姐姐边上，不知道在她耳边说了什么，我看见心怡姐姐的眼睛睁得大大地看着我。

“杰杰，你真是个好孩子，我为你父母感到高兴。”心怡姐姐认真地对我说。

“豆豆，你不会把我找兼职的原因告诉心怡姐姐了吧？”我埋怨地盯着豆豆。

“这没必要保密啊。”豆豆不好意思地说。

“是啊，杰杰，这没必要保密啊。你为父母着想，是好样的。我的孩子长大后要是像你那么体贴懂事，我就很欣慰了。”心怡姐姐微笑着说。

“嗯，谢谢心怡姐姐！那你还找兼职吗？”我问。

“我的兼职还是要找的，虽然我不愁吃不愁穿，但是我在经济上必须独立。”心怡姐姐说。

“为什么？姐夫对你那么好！”我与豆豆异口同声地问。

“女人嘛，经济上独立了在家里才能有地位，说话才有分量——这个嘛，你们现在还小，不懂。你们的妈妈应该懂。”心怡姐姐的眼睛里有自信也有无奈。

“哦！”听心怡姐姐一说，我与豆豆对视了一下。那时，我想明白了我的母亲为什么会被父亲抛弃，我相信豆豆也想明白了以前他的父亲与他母亲经常吵架的原因。

# 第二十八章　“彩票”

“你今天准备买马吗?”

“买呢。今天肯定要出蛇!”

“不对，我觉得是出虎!”

“我得到可靠消息，应该是牛，你俩可能都错!”

“我看报纸上说这次要出蛇……”

“豆豆，什么蛇，什么虎啊？怎么听起来都那么可怕呢?”我听到前面几个边走边讨论的村民说的话，心中有些害怕地说，“难道今天有动物园来耍杂技吗？买马又是什么意思啊?”

“杰杰，你这个书呆子，平时看你好像头脑灵活，不笨啊！他们这是在讨论今晚要出的彩票属性，买这种彩票，俗称买马，都开半个多月了，一般在晚上七点半开盘，难道你不知道吗?”豆豆拍拍我的头笑着说。

“打我干吗？我除了和你玩儿，平时就和爷爷待在家里，没听你说，也没听爷爷说，当然不知道了。”我委屈地摸摸他刚才拍的部位，这小子还真用力。

“不好意思啊，我拍重了点，下次一定注意!”豆豆面带歉意向我保证。

“你与我说说他们刚才讲的蛇啊虎啊到底是怎么回事，我就原谅你!”我不依不饶。

“行，小祖宗！呵呵，其实我也不太懂，是从我爸妈那里听来的，你让我先想想怎么说。”豆豆装模作样地陷入回忆中。

“别逗我了，小心我把你刚打我的打回去。”我也装作生气，做出要打他的样子。

“别打，我马上说。”豆豆笑着后退一步，拱手说，“听说这蛇啊虎啊的只是一个代码，就相当于其他彩票的数字符号，每两天出一期，每期出的动物可能都不一样，也有可能连续几期都出同一个动物。他们说只要看专门的彩票报纸就可以猜到，那上面有好多关于当晚所出动物的谜语。”

“不就猜谜语吗？这很简单呀，要不，我们也去猜猜……”我一听猜谜语就兴奋了，以前母亲在家的时候，我与她经常以猜谜语为乐打发闲暇的日子，家中现在还有好几本关于谜语的书呢。

“哪有你想的那么天真！你呀，有时就是太天真！你猜了，还得出钱，才有机会中奖的。”豆豆数落着我说。“听说每两块钱买个动物，上不封顶，你买得越多，中奖的机会就越大……”

“哦，原来不像我们在县城超市门口见到的那样啊。我记得有一次我与妈妈在县城经过一个超市时，那超市为吸引人气正搞猜谜活动，猜中了就送个小礼物。那次我与妈妈猜中了好几个谜语，因而得了好几个礼物。当时得的玩具小老虎现在还在我家的柜子上放着呢，我前两天还看见它了。”我又想起了与母亲在一起的幸福情景。

“那是免费的，我妈妈说咱村里的这个买马，让我千万不要参与。说那不好中，即使买个一两百块也很难中，十次中一次都难得，比赌博还坑人。”豆豆一本正经地说。

“比赌博还坑人？”我想起了爸爸因为赌博把身家全输光，然后跳河自尽未遂的事，感觉一股凉气自脚底直蹿到了头顶。“比赌博还坑人，为什么还有人去买？”

“大家都想赢钱啊，听说只要中一个头码，两块钱就能翻十多倍，不对，应该是二十多倍。”豆豆挠了挠头说。

“翻二十多倍？这个数字真诱人。”我说。那数字真让我觉得不可思议。

“就是诱人才有那么多的人去买呀。”豆豆说，“都想一夜暴富。”

“豆豆，我很好奇这个买马到底是怎么回事，要不，我们今晚去卖彩票的地方看看？”我对买马充满了好奇，好想看看它究竟是怎么回事。

“行，其实我也从没去看过。等会儿我回家与我妈妈说一声，然后我们一起去看看。”豆豆说。我看出他对这种彩票也充满了好奇。

晚饭后六点半左右，我与豆豆来到了买马的地方。那地方人来人往，人声鼎沸，真是热闹，堪比过年耍狮子舞龙的热闹场面呢。

“豆豆，难得看到你晚上出来玩儿啊！你爷爷呢？”迎面走来的堂伯明宏对我说。

“明宏伯伯好！爷爷在家看电视呢！”我恭敬地回答他，然后拉着豆豆往卖彩票的屋子里去了。

外屋的沙发上坐满了人，还有站着的，有本村的，也有外村的，还有人在吸烟……大家不是在嗑瓜子，就是在聊今晚会出什么动物。烟雾缭绕，声音嘈杂，乱哄哄的，我在里面觉得自己都快窒息了。可是我发现，居然还有人抱着不到一岁的小孩子在里面，还有些小学生……里屋应该就是卖彩票的地方了，我捂着嘴，拉着豆豆在门口看了一眼，然后赶紧往外走——里面的烟味儿更难闻，熏得我都快要吐了。

“走，进去！”

“我为什么要进去啊……”

刚走到门口，我看见一个阿姨拉着一个小孩子正往外走，而一个身高马大的叔叔正堵着她的去路不让她走，可是那位阿姨带的小孩子却已经趁那叔叔不注意跑出门去了，那叔叔只好放她出去了，而我也拉着豆豆趁机走了出去——那叔叔居然没有拦我们。

我出来后，转过头来才看清，那叔叔原来是警察。警察叔叔一进门就把门给反锁了，不让里面的人再出来。

“为什么抓我？我又没犯法！”

“犯没犯法，你不清楚吗？”

“以后我再也不买了。我都死了两个男人了，自己也快到死的年龄了，我给你们跪下，求求你们就别抓我了！”

“孩子明天还要上学呢，你们就放我与孩子回家吧？”

…………

我能想象，屋里面的人已经乱成了一锅粥。

门口停了两辆警车。

“杰杰，好险啊，我们晚一点，也会被关在里面了！”豆豆拍着自己那怦怦直跳的心脏说。

“我们今晚的运气真好！”我双手紧紧拽着自己的衣服，心里乱乱的。

“以后再也不能对这种地方好奇了！”我心想。

“杰杰，杰杰……”爷爷的声音。

“爷爷，我在这里。”我赶紧迎上去。

“我刚洗个碗，你就不见了，你怎么跑出来也不告诉我一声？”爷爷很生气。

“爷爷，你洗碗的时候我跟你说了，你可能没听见，又走神了吧？”我委屈地说。

“可能吧，好，下次一定等我点头了再出来！记住了吗？这次真是万幸！你要是在里面被抓了怎么办啊？”爷爷心有余悸地说。

“爷爷，我就是没见过，好奇……”我想解释。

“好奇会害死人的，懂吗？还好，有你奶奶保佑！谢天谢地！”爷爷严肃又谦恭地说……

屋里有许多人陆陆续续地出来了，他们满脸惊恐，心有余悸。他们说外屋的人都被放出来了，里屋的都被抓了，扣着手铐，正被训话呢。老板背着钱包想从后门逃走，却被堵着后门的警察逮了个正着。带小孩子的一个都不抓，大人连同小孩一起被放了出来。还有人在里面向警察下跪，说自己是来看看，并没买，求警察开恩放了自己。

不一会儿，警察带着戴手铐的几个人出来了，里面有老板，他们分别被带上了两辆警车。又见老板家二楼的灯光亮起，有人说，这是警察在翻箱倒柜，查找买卖黑彩票的证据。

约半个小时后，楼上的警察下来，上了警车……

第二天，村里有人得到消息，说老板与其他人都被关进了市区公安局等待审讯。据说老板可能要被罚十万，他卖黑彩票的这半个月，即使再赚钱，也不可能赚得了十万。

我觉得自己是个不幸的人，也是个幸运的人。

父亲拼搏了多少年，可是却栽在了赌博上；想一夜暴富的人靠买所谓的“彩票”不仅没有发财，倒把自己的本钱都赔上了；爱打牌、好吃懒做、游手好闲的人永远是过不上好日子的。天上从不会无缘无故掉馅儿饼……我想，自己长大后要做个靠勤劳与智慧创业的人，赚一分是一分，就像豆豆的父母现在一样，像我母亲一样。而现在呢，我最主要的任务就是从学习与生活中吸取智慧的养料，让自己不仅有个好成绩，而且要有健康的身体与心灵！

## 第二十九章　大火

一天，我与豆豆在我家中玩一个八路军打小鬼子的游戏，为了找一把玩具枪，我们翻箱倒柜，结果没有找到枪，倒是找出了一些“冲天炮”，这还是我过年的时候没放完留下来的。

“小子喜炮，闺女喜花”，我和豆豆作为男孩子，天生就喜欢炮。

当我们拿到炮的时候，我们心中那个欢喜就不用说了。

“我们拿到外面去放了吧?”豆豆手拿着炮高兴地建议。

“好啊！只是好几个月了，不知道它们还响不响。”豆豆说的正是我心中所想。

我和豆豆拿着炮来到我家屋后的一块开阔地旁，那地里长着约半人高的毛草。地不知道是谁家的，没种任何蔬菜与粮食，荒在了那里。这几年，许多户人家都外出打工了，留在村里的老人忙不过来，许多地荒着也很正常。听爷爷说，现在种一亩地的成本太高，而且太辛苦，现在的年轻人，只要不懒，即使靠打零工一天也能赚回约两百块，谁还会累死累活地去种地呢？可是，当我每次看到那些荒了的地时，心里总不是滋味儿。

“哧——嘣——”随着这好听的响声，“冲天炮”回旋着冲到半空中开了花，然后又刺啦像天女散花一样撒下了许多的小火花……好一个冲天炮！虽然不是晚上，但也有一番看头儿，给人一种听觉与视觉的享受。我和豆豆一连放了好几个。冲天炮的声音与火花还引来了村里的其他几个小孩子，他们在一旁仰头拍手看我与豆豆放炮。我与豆豆那个自豪与高兴劲儿就甭说了。

“不好，杰杰，那里好像着火了！”旁边看放炮的一个小朋友说。

“真的着火了，杰杰，你们放的炮把那边的毛草点燃了。”另一个小朋友说。

“那我们赶紧去灭火！”我与豆豆冲到了冒火的毛草边上。那毛草不像其他毛草一样长在地上，而是躺在地上——很明显是有人割了放在地上晾着的。干燥的毛草一遇明火就着了。

我与小朋友们都拿着边上的大木柴扑打着火苗，可是却没多大用处。

“把那些没烧着的干草赶紧挪开！”万一火势蔓延到几十米开外的林子那儿就完了，十万火急之时，我脑海中突然冒出了一个念头：隔断火源！我记得之前看过的某本书中有关于森林救火的细节，除了要积极灭火外，还得尽快隔断火源，让它尽量小范围地蔓延。

挪开干草后，我们又赶紧把火周边的湿毛草扯掉了些，大家的手都被勒出了青紫的痕迹，我的手有一处还被锋利的毛草边给划出了一道长长的口子，血都渗了出来。

火燃烧到湿草时，火势明显弱了下去。我们就势用棍棒和衣服把火扑灭了。还好，那干草没多大面积，不然，我们还不知道怎么办呢。

回到家后，我被爷爷好好教训了一顿。

除了被茅草划的那道口子，我左手手背上被燃烧着的叶子烧伤了一块一元硬币大的地方。爷爷用鸡蛋的蛋白自制了一些烧伤药，然后他一边往我手上被烧伤的地方抹药，一边骂我说我不要命了，还说了些以后再也不给我买炮之类的话。

爷爷给豆豆也送去了一些烧伤药，因为豆豆的手心也被火烧伤了一块儿，不过不太严重，至于豆豆的爸爸妈妈是如何教训他的，我就不得而知了。

爷爷自制的烧伤药特别管用，敷上之后，我马上感觉那烧伤的地方不再灼痛了，几天后，伤疤的老皮开始脱落，又过了一段时间，连一点烧伤的痕迹也看不出来了。从前，听奶奶说过，爷爷曾经帮村里的许多人治过烧伤，治疗效果还特别好。比如豆豆的父亲明煦叔叔，他小时候额头上被煤炉烫了一大块，就是被爷爷治好的。现在明煦叔叔的额头光溜溜的，如果不说，谁也不知道他的额头曾经被煤炉的高温烫伤过。可是，近来因为人们对生活水平与医疗技术水平的要求越来越高，爷爷的偏方也很少拿出来用了。

放冲天炮引起的大火让我后怕了好几日。因为我的一时玩乐，爷爷不得不牺牲了两天的时间帮茅草的主人明宏伯伯割了许多的茅草——那些被我们烧掉的干草，是他给他的牛储存的“干粮”。明宏伯伯本不让爷爷赔的，可是爷爷却不声不响地割了两天的草放在原地晾晒。

可是，在接下来的一个傍晚，我们后山的一个山头再次起了大火，那火都染红了半边天……我记得，那山上有几年前爷爷和村民们一起植的树。

听说那是二柱傻子放的火。但他是傻子，大家拿他也没办法。

当大家拿着桶，挑着水到达着火点时，火已经烧了差不多半边山。火势太大，消防员又无法及时赶到——通往着火点的路全是羊肠小道，消防车根本开不进来！

“不用泼水了，泼的那点水根本没什么用！大家赶紧到山的上面去砍树，砍出一条防火带截断火源，以防大火蔓延到山的那边……”有人大喊。

于是，大家从着火点边上分开爬到了山上……还好，树没栽几年，还不大，好砍，再加上人多力量大，不到一小时，大家就砍出了一条“防火带”，火势也就不再蔓延了。

“还好，都是绿叶青草，燃烧的速度不是很快，要不等我们赶到这儿时，这山上的树早就全被烧光了。”有人这样说。

热浪滚滚，汗珠像雨一样往下掉落，虽然控制住了火源，但是看着那大半片已经被大火烧焦的山，大家的心情都很沉重。

而且，为了救火，许多人的手脚都或多或少被火烧伤了。

傻子也不能随便破坏集体财产吧？不能随便在路上脱女生裤子吧？

第二天，傻子二柱被村委会送往市精神病院疗养去了。据说他的老母亲在村口拉着他不让他上车，与开车的司机和工作人员僵持了好久，最后看着远去的车子坐到了地上，哭得死去活来……

# 第三十章　修路

看着载着二柱傻子的车越走越远，又看看哭得死去活来的二柱傻子那八十多岁的老娘，围观的人无不摇头叹息。所有人都在劝老人，可是老人依旧坐在地上哭着，不起来。大家真拿她没办法。

“老吉，明轩家在修路，你知道不知道?”五爷把我爷爷拉出了劝说二柱老娘回家的人群，在他耳边轻轻地说。

“修哪里的路?”我爷爷问。

“天天待屋里忙活你那些下蛋的鸡，我猜你就不知道。”五爷说。

“呵呵，自杰杰他奶奶走了以后，我很少到外面走动了……”爷爷不好意思地说。

“就是他老宅基地的路啊。听说他想先修路，然后再把老屋拆了盖新房。”五爷说。

“他们家要翻盖老屋的话，确实得先修路，车子才能进去，否则就太不方便了。”爷爷说。

“嗯。问题是他们修的路得从我家与你家的地里过……对了，难道他们家真的没有人与你吱过一声?”五爷不可置信地说。

“好像没有……”爷爷摸着脑袋努力回忆明轩伯伯家是否有人与他讲过土地的问题，但没有任何印象。“自杰杰他奶奶走了以后，我很久都没有去地里边看过了……不过，明轩家修路是好事，我们应该支持他们。”

“唉，你真是个死脑筋。你还没明白我与你说的意思。算了，与你明说了吧。他们修路从你家的地里过，却不对你说，你也愿意?”五爷急了。

“爷爷，明轩伯伯真没与你说过吗？”在旁边的我也听得着急了。

“到底说没说，我真不记得了。这段时间，我真是糊涂透顶了。”爷爷摸摸头尴尬地说，“对了，难道他们也没对你说？”

“他倒是对我说了，因为那天他们测量距离时，我正好在地里收菜，明轩就与我说了声，他还答应给我兑换同等的地。可是现在他们家把挖土机都请过来了，说给我们家的地却还没兑现呢，所以，我想先来问问你这边的情况。”五爷说。

“哦，居然还有这事儿？那这可就是明轩的不对了。”爷爷说，“我一会儿也去看看。”

爷爷看了一眼已被众人劝服准备回家的二柱他娘，摇了摇头，就跟着五爷往明轩伯伯家走去。为了探个究竟，我也跟了上去。

“有人说，他是倚仗他两个儿子都有本事，欺负我们弱小，想强占土地……”五爷边走边说。

“不会吧？会不会是有人想挑拨离间？”爷爷停下来看着五爷说，“我那地自杰杰奶奶去世后，就由你管理了，要不早就荒了，说实话，就那么点儿地，对于我来说，也没有太大的作用。”

“我是想，如果他能把他那块离我家不远的地换给我，我也没意见。可是，他居然说都不与我说一声就开挖，这肯定是居心不良。”五爷不高兴地说。

“别瞎猜，我们去见见明轩再说。”爷爷说。

于是，我跟着他们去了施工现场。那挖掘机已经把我们家的地挖平了，正在挖五爷家的地。

“五叔、吉叔来了啊！”明轩伯伯远远地迎了上来。

“明轩，今天我与老吉过来是想问你那地的事儿，你怎么连说都不与我们说一声就开挖了……”五爷开门见山地说。可是没等他说完，话头就被明轩伯伯给抢了过去。

“五叔、吉叔，是这样的。”明轩伯伯忙解释说，“前一阵子我就想把地与您二位置换完的，可是去找五叔时，五叔您不是去城里看孙子去了嘛，我也是今天才见着您。我想让你们两家的地一起置换，所以，吉叔家的也拖到了现在。还没来得及找您二位，我大儿子已经毫不知情地把挖土机给请来了，您二位都知道，挖土机一到就开始计时收费，停不得，我就只好先开挖了。”明轩伯伯双手摊开无奈地说。

“我天天在家，你都不来找我，这就是你的不对了。你五叔也有电话，你连个电话也不会打吗?”爷爷脸色有些不悦。

“都怪我，没把事情办好，没想到事情进展这么快。我儿子也不事先通知我一下就把挖土机请来了。我知道，您二位都是好人，都好说话，您二位大人有大量，嘿嘿!”明轩伯伯赔笑说。

“有人说，你倚仗自己两个儿子有本事，欺负我们两家弱小，想强占土地，如果你真是那样，即使你把路修好了，我也要把它挖断了，看你还怎么通行?”五爷不理明轩伯伯的好脸说。

“这是哪个不怀好意的在那里说我坏话啊?那人肯定是见不得我家好，嫉妒了!”明轩伯伯的脸色有些愤怒了，“五叔，是谁这样乱嚼舌头，你告诉我，我现在就找他理论去。”

“算了，你俩都别激动了。”看着事情可能会越闹越僵，我爷爷发话了，“明轩，不管别人如何乱说，你自己心里都应该明白。这样吧，你找人在这里看着，我与你五叔家的地今天就置换清了，就算事情了结了。老五，你觉得如何?”爷爷把头转向了五爷。

听了爷爷的话，五爷与明轩伯伯都表示同意。于是大家都去丈量土地去了。五爷如愿以偿地拿到了他自家门口那块明轩伯伯家的地，这块地明显比他给明轩伯伯修路的地大。明轩伯伯也给我们就近换了一块地，可是那块地比我们家原来的那块地要小很多，比起先前的那块地，只是离我家稍近点儿而已。

“爷爷，您换回的地比原来的还要小，您也愿意?”我有些不理解爷爷的做法。

“杰杰，这换回来的地虽然比我们原先的那块要小，离我们家倒是很近。我可以在那里种些蔬果。原先的那块地，因为离家太远，要不是你五爷种着，它肯定早荒了。年龄大了，真不像以前了。何况，帮助别人，与人方便，我们何乐而不为呢?”爷爷边织竹篮边抬头看着我说。

“可有人说您这是怕人，甚至还说您是傻瓜。”我递了根竹篾给爷爷说。

“笑话。我怎么可能怕人呢？傻不傻我自己不明白？在部队待那么多年难道是白待的？上过刀山下过火海，还怕人？你别听信别人乱说的话。有些人是唯恐天下不乱。我们做人要知进退，要分得清是非。能帮人就帮人，能与人方便就与人方便。”爷爷微笑着说。

“嗯，以后，我再也不听别人乱说了。”我看着爷爷直挺的脊背说。爷爷虽然快七十了，可脊背还是挺直的，这应该与他在部队的锻炼有关。

“让人非家弱，得志莫离群，记住了吗?”爷爷最后语重心长地对我说。

# 第三十一章　水中救人

我们村的河道不知道有多少年没有清理过了，特别是稍窄的地方大都已经被淤泥所覆盖。曾听母亲说过，她刚来到我们村时，河里水深的地方还能洗洗衣服什么的，这几年连鞋子都不能洗了。加之总有那些没道德的人把死鸡死鸭，甚至几百斤的死猪都往河里扔，一到夏天，河边就臭气熏天。人们从河边经过都要捂着鼻子，更别说去河边洗东西了。母亲曾说，她连河水都不敢碰，一碰手就会过敏。

这些天，河边挖掘机轰鸣。我以为有人想在河边田里挖地基建房呢，走近一看，才知道，挖掘机是在清理河道。清理河道，这是件让人欣喜的事！我给母亲打电话"报喜"，母亲听了也非常高兴，说以后回家洗鞋子就方便多了，虽然村里有了自来水，可是还是在河里洗鞋子更方便。

淤泥清理后，我觉得河道比原来宽多了，水深自然就不用说了。清理完淤泥，人们用石头与水泥加固了河岸，河岸两边还整齐地栽了杨柳。更让人惊喜的是，河边每隔二十米就竖了一块禁止往河内抛死鸡死猪等东西的牌子，并说明如有违反，查清后视抛物大小处五十元及以上罚款……

淤泥被清理后，河水也清了。我们这些十来岁的孩子开始有些蠢蠢欲动——都想下水游泳。

河水最深的地方也不到两米。每天放学回家做完作业后，我与豆豆就在村里人原来洗衣服的地方洗澡游泳。因为我俩的水性好，我的爷爷与豆豆的父母也比较放心。我俩之所以选择在这里洗澡，是因为这附近有一口古井，从井口里会不断流出一股清凉的水，井口四周的水也变得清凉舒适起来。

爷爷说，村里没安装自来水前，每天天刚蒙蒙亮，连接井口的长长的青石板路上总会传来水桶“叮咚叮咚”的响声和扁担挑子的吱呀声，还有村民们爽朗的问好声。最热闹的要数古井旁的小河边——“梆梆梆”的捣衣声及村姑村妇们愉快的笑声；早就被吵醒了的酣睡的鸟儿“叽叽喳喳”地加入了清晨的交响曲；早早下河捕食、扑棱着翅膀引吭高歌的鸭群、鹅群……如果把长长的青石板路比作山里人肩上的扁担，那么这扁担一头挑起了小河与古井，一头挑起了袅袅炊烟……村子的历史有多长，古井的历史就有多久。

遗憾的是，在我的印象中，那样诗一般的景象从来没有出现过，当然最主要的是每家每户都有了自来水，还有许多人家都买了洗衣机，大家足不出户就可以洗衣服了。

做完家庭作业后，我与豆豆不约而同地又来到古井旁的小河里游泳。暑假就快来临，而天气也越来越热，每天傍晚不到水里泡一两个小时，我就觉得浑身不舒服。

知了在岸边的柳树上叫个不停，好像在说“热啊热啊……”，我俩在河里嬉戏玩耍，一会儿比赛蛙泳，我在前面使劲儿游，豆豆在后面加油追；一会儿我俩又仰泳，这回他在前面游而我在后面追；一会儿我俩又互相泼水闹着玩儿……

在我俩玩的过程中，又陆续来了几个小朋友。他们看我们在玩，也参与进来。人多更好玩更热闹，我们开始玩起打水仗的游戏。有个叫小勇的男孩因为家长管得严，从来都没下过河，更别说会游泳了，可是他也想参与进来。

“我妈妈今天去我外婆家了，要明天才回来。”小勇说。

“不行，你不会游泳，待会儿出事了谁负责呢？”豆豆说。

“你名字还叫‘勇’呢！怕水还怕你妈，我看你改叫‘怕死鬼’得了!”有小朋友嘲笑他。

“我只站在这大石头边上和你们一起打水仗，其他时候就给你们加油呐喊，行吗?”小勇恳求。

“好吧，我们打水仗时你可以参与进来，不过你只许在浅水区玩，其他时候就站在岸上看着我们玩吧。”凡事都有第一次，何况他只站在浅水区，还有石头当扶手，我想想应该没事，就答应了。

“谢谢，谢谢，谢谢杰杰!”小勇一听我答应了，高兴地对我道了几声谢。

“杰杰，加油!杰杰，加油!”当我与豆豆他们比赛游泳时，小勇使劲儿给我加油。

一听有人给我加油，我游起来就更加卖力了。豆豆他们看我游得快，也加快速度游。一会儿你先，一会儿我先，我们几个在河里游得那个欢啊，在河另一头准备回家的大白鹅都停住了脚步，“嘎嘎嘎嘎”地在河里引吭高歌，好像也在为我们加油呐喊。

我们越游越远，小勇加油呐喊的声音也越来越远，最后我只能听到双手划动流水的声音了。

可是当我们正在奋力往前游时，却突然听到了一种异样的声音。一听到有情况，我赶紧停止了游泳，并挥手示意其他人也停下来。

“救命!救命……”我们听到刚才游开的地方有不太清晰的声音传来。

“可能是小勇掉水里了，快回去!”我一想那边只有小勇一人在，紧张地对大伙儿说。

“那我们赶紧游回去吧?”豆豆问。

“不，游泳慢!我们上岸，到那边再跳下水救人!”我边说边往岸上爬。豆豆与其他小朋友也跟着我往上爬。

河岸有一定的高度，往岸上爬时，我本来快爬了上去，可是因为着急，后脚没蹬稳，一下又滑到了水里。河岸是水泥与石头砌的，到处都很平整，根本没有可以踩脚的地方。

“踩我肩膀！”

后面的小伙伴看我爬上去又掉了下来，于是他们在水里一齐用肩膀当梯子举着我上了岸……

我边跑边寻找河里有异常的地方，好几次都因没顾脚下差点踉跄着掉进河里。当我跑到约两百米远的出事地点时，只看到两只小手在水中乱抓乱动——我想都没想就跳入水中，顺着那两只手的地方游过去，然后从水里托起了一副小小的身子……接着，豆豆也跳入水中帮我一起把小勇拖到了岸边。

小勇的身子虽小，可我们也比他大不了多少，我十一岁，他十岁。我们气喘吁吁地把他拉上岸，小勇上岸后，已经一动不动了，鼻子里只剩出的气。大家早已慌了神，有的已经跑去村里去找大人了。

我试着压了压小勇的胸脯，希望能把他肚子里的水压出来，也许是力道没掌握好或是手法不对的原因，没多大效果。其他小朋友也试着压了压，可小勇肚子里的水就是吐不出来。我心里当时的着急程度，真是无法用语言来表达。特别害怕小勇就这样突然离开了我们。大人的指责是小，我这一辈子可能都会过意不去，且走不出自责的阴影。

可能是心急加心慌，再加上刚刚与豆豆把小勇拉上岸，我感觉浑身一点力气也没有了。一番折腾过后，小勇还是没有任何反应，不过，鼻子里还有出的气。

“有大人来了没有？”我边压小勇的胸脯边问。

“没有！”有人无奈地摊开双手答。

“有大人来了没有？”不到一分钟，我迫不及待地又问，汗水已经模糊了我的双眼。

“还没有！怎么回事啊……”有人边跺脚边用哭腔答。

…………

大人还没来！这时，我终于体会到了“望眼欲穿”这个词的含义。可不管怎么样，我们得尽快想办法让小勇把肚里的水吐出来……

“谁有力气?”我看着大伙儿说，在慌乱中，我突然想到了一个救小勇的法子。

“我有力气!”一个小名叫牛牛的壮小孩说。牛牛长得很结实，个头儿比我们同龄人要高半个头，确实像头小牛犊。他平时对事物的反应有些慢，村里的小孩子有时故意叫他“蜗牛”，他总是憨厚地笑笑。这次反应却出奇地快，没等其他小孩子回答，他自己抢先说了。

“牛牛你先蹲下，一条腿跪在地上，另一条腿屈膝，大家把小勇的肚子放在牛牛屈膝的那条腿上，让小勇头朝下……好，牛牛你用手使劲压小勇的背……”

我曾偶然听村里大人说过，如果溺水的人有呼吸和心跳，可以采用这种方法救人。我以前没看过，也没试过如何救溺水的人，按压胸脯的法子不行，大人也迟迟不来，只好按这听说的来做了。

“水吐出来了，水吐出来了……”牛牛压了几下，有人就高兴地叫起来。

正在此时，小勇的爷爷来了。

“快把小勇放下来!”小勇爷爷喊，“他没事了!”

一听说小勇没事了，我们从牛牛腿上把小勇扶到了地上。小勇爷爷赶到，帮小勇又轻轻地拍了几下后背。小勇睁开眼睛，但看上去很虚弱，接着又把眼睛闭上了。

“小勇醒了!”我们高兴地欢呼!

“没事，小勇，我们回家!”小勇爷爷抱着小勇就回家了，我们大伙儿拿着各自的东西也相继回了家……

“小勇刚开始不是在岸上给我们喊加油的吗?”

“对啊，我记得他是在岸上的，怎么下水了?”

…………

回去的路上，大家七嘴八舌地议论起来。事情是怎么发生的，我们只有等小勇恢复以后问他才能知道了。

这次虽然小勇被救了过来，也没什么大碍，但这种救人的方法并不十分科学。因为仗着自己水性好，老师平时教的溺水自救和救人的方法我都没有好好学。

“杰杰，你这小兔崽子怎么能让小勇下水呢？小勇这次万幸被救了，要是在水里回不来了，一万个你也换不回他……”第二天一大早，小勇妈妈就在我家大门口骂起人来。看来她听说小勇溺水了，然后连夜从娘家赶了回来。看她这架势，也许昨晚三更半夜回来后就想来骂我的，可能是被其他人劝住了。

“小勇妈妈，你别骂人，这里面肯定有误会！”爷爷听见骂声，赶紧开门给我辩护，“昨晚杰杰回来就与我说了，他们所有人都不知道小勇是什么时候下的水。当时他们都在前面游泳呢！”

“小勇今早对我说了，说是杰杰同意小勇下水的。没人给小勇壮胆，再给他十个胆他也不敢下水的，小勇溺水你家杰杰有不可推卸的责任……”小勇妈妈一副得理不饶人的样子。

“我只是同意让他在浅水边参与打水仗，可我们当时还没打水仗呢，他就下水了，他下水时我们又不在旁边，否则我们也不会让他溺水啊，小勇这是诬陷我……”我在屋里一听到小勇这么说我，心里一着急，一骨碌从床上爬起来，连拖鞋也没穿，就光脚跑到了门口。

“肯定有误会，这样吧，我们去找小勇当面问清楚到底怎么回事吧？”爷爷打圆场说。

到达小勇家时，爷爷带去了刚从镇上给我买回的还没开封的一箱牛奶。

小勇还躺在床上，不过气色比昨天要好多了。他母亲要他讲讲昨天到底怎么回事。他看了我一眼，然后说了事情的经过。

他说他当时看我们游远了，自己想试试河水到底有多深，于是就下了水。我问他我们在时他为什么不试，而偏要等我们走远了才试？他低声不好意思地说害怕我们嘲笑他……

事情的经过水落石出，小勇妈妈骂了小勇几句，然后赔着笑脸送我们出门，并感谢我救了小勇。前后判若两人。

此后，每每我与小伙伴们在河里玩，而小勇都只是远远地在高处孤单地看着我们。在我心里，他是一只名副其实的“旱鸭子”，长在水乡的“旱鸭子”，他孤单的心有谁懂？

## 第三十二章　父亲醉酒

“杰杰，杰杰，你爸爸醉倒在明宏家了……”我放学快到家时，邻居张奶奶对我说。

“什么？我爸爸？我爸爸什么时候回来了？”我有些不相信，因为我从没听爷爷提起过爸爸要回来。

“他是今天上午回来的。回来见你爷爷与你不在家，他就直接去明宏家喝酒去了。”张奶奶回答。

“我爷爷今天去我姑奶奶家走亲戚了，要晚些才回来。”我说。

来不及开门回家，我把书包往张奶奶家门口的凳子上一放，就直接往明宏伯伯家跑去。明宏伯伯家离我家至少有五百米远。

“伯母，我爸爸在哪儿？”在明宏伯伯家外面，我碰上了正巧出来倒垃圾的明宏伯伯的妻子。

现在我们村每周都会有垃圾车来收垃圾，还有专门的人在村里各条主道路捡拾垃圾，据说是镇政府安排的。现在我们村里干净整洁了不少，再也不像前几年一样垃圾成堆。

“你爸爸在我家客厅的沙发上躺着呢！他刚吐了，我刚清理完他吐到地上的东西……”伯母说。

“爸爸——爸爸——”我两步并作一步就跨进了明宏伯伯家的客厅，站在父亲身边大声叫他。他的头正倚在沙发靠垫上，身子斜躺在沙发上。我看到他衣服上还有些未擦净的从胃里吐出来的东西。很明显，伯母已经帮他稍微清理了一下衣服上的脏东西。

可是不管我如何叫他，他就是没有任何反应。我心里有些着急，正想用双手去推他的时候，伯母进来了。

“没事，你爸爸就是喝多了，睡一觉也就好了。”伯母边放垃圾桶边说。

“他睡在这里也不是个事儿啊，要不我把他拉回家吧！”没等伯母反应过来，我就跑出了她家，然后朝我家跑去。我听见伯母跟出房子叫我的声音，可是那声音随着我越跑越远而变得模糊，我最终没听清她说什么。

我以最快的速度跑回家，然后开门从爷爷经常放钥匙的地方拿出了他的三轮车钥匙。接着，我爬上三轮车启动了它……三轮车是爷爷的宝贝，他经常开着它运送东西，比如拉稻谷，从山里拉挖出的红薯……虽然我以前没有正式开过这辆三轮车，可是爷爷经常带我坐它，我早已都看会了。我还曾背着爷爷在院子里开过几回呢。

我把三轮车稳稳地停在了明宏伯伯家的院子里，然后走进了他家的客厅。

“杰杰，是你爷爷开着三轮车来接你爸爸了吗?”伯母从里屋走出来问。

“伯母，我爷爷还没回来呢！你能不能叫明宏伯伯出来帮一下忙，帮我把我爸爸扶到三轮车上?”我说。

“你明宏伯伯他也喝多了，正在床上睡觉呢。”伯母说，“对了，你说你爷爷没回来，难道三轮车是你开过来的?”

“车子是我开过来的，我想拉我爸爸回家。要不您帮我扶一下他吧！”我轻描淡写地说，“你放心，我会开三轮车。”

伯母没见我开过三轮车，可是她却真的相信我会开。

我与她从沙发上扶起父亲，他居然非常配合我俩——他的头靠在伯母肩膀上，一只手搭在她另一边的肩膀上，双脚居然配合着我们的步伐——他不会在梦游吧？这是我对他的猜想。虽然有他的配合，我与伯母还是费了九牛二虎之力才把他扶上车。他的头靠在我放在三轮车车厢内的枕头上，他的脚完全缩进了车厢，整个人看上去就像一个蜷缩在母亲体内的胎儿。我把车厢的门关上，然后重重地喘了几口粗气。

“你爸爸睡得也太沉了吧，我俩这么弄他他都没醒。”伯母边喘粗气边开玩笑说，“真像一头死猪。”

我知道伯母是开玩笑的，所以也没在意：“谢谢伯母了！”

“我还是与你一起送他回去吧！一会儿你还得把他给弄下车，扶到屋子里去呢！”伯母说。

“那太谢谢您了！”我说完就踩动了三轮车的油门……

我们两家的直线距离虽然只有约五百米远，但是村内的公路弯弯曲曲地穿行在田地与房屋之间，又时高时低，所以真正距离至少是直线距离的两倍。

去明宏伯伯家时，由于是第一次真正开车上路，所以我一路上都是万分小心，一点也不敢大意。这次回去的路上，有了刚才的经验，加之有伯母陪着，所以我放松了许多。

太阳像个红彤彤的大圆盘挂在西边的山尖上；晚霞红了半边天，云彩变幻着各种形状；路上有老羊“咩咩咩”地叫唤调皮的小羊归队回家的声音……

当我把三轮车稳稳地停在我家的院子里时，伯母向我竖起了大拇指……

# 第三十三章　逃学

我和伯母又费了很大力气才把父亲扶回卧室。

“多给你爸爸喝些茶叶水!”伯母临走前嘱咐我。

送走伯母后，我就跑到厨房烧了一大壶开水，然后给父亲泡了一大杯浓茶。为了让茶赶紧凉下来，我用一个小不锈钢盆从水龙头里接了半盆水，把茶杯放在里面冷却了一会儿……当确定水温适宜后我才把它端到了床头。

“爸爸，爸爸，喝点茶吧!”我摇了摇正鼾声如雷的父亲。他没有任何反应。

“爸爸，爸爸，起来喝点茶!”我又加重力气摇了摇父亲。

“滚!”他的手冷不丁地从被子里伸出来，并向我横扫过来。

“啪!”他的手打在我的腰上，我没提防他突如其来的动作，一个踉跄，整个身子倒在旁边的床头柜上——那上面放着我给他泡好的茶。

“当!”玻璃茶杯掉在地上碎成了好几块，茶水洒了一地。

“你怎么搞的?一杯水都不会放吗?”父亲听到玻璃碎裂的声音后从床上坐了起来，不问青红皂白就对我怒吼。我还没来得及反应，脸上就火辣辣地疼起来——他给了我一巴掌。我正准备捂住被他打的半边脸，可是另半边脸又挨了一巴掌。他这两个毫无来由的耳刮子打得我双眼直冒金星。

看着不知道是清醒还是仍醉着的父亲，我真害怕他再次动手打我。我顾不得疼痛，趁他没有再动手的时候赶紧冲出了房间，然后靠着走廊的梁柱慢慢蹲下——我再也控制不住内心的委屈号啕大哭起来。而我那暴跳如雷的父亲还在房间里大骂着什么。我能听出他骂的不是我，可是他骂的到底是谁呢，我无从得知。

不知道过了多久，爷爷终于回来了。那时，天快黑了。

“你怎么啦，杰杰?”爷爷推开院子的门时看到了狼狈不堪的我，吃惊地问：“你怎么哭了？你的脸怎么这么红呢？还有手指印，谁打你了?”

“他回来了!”我把头转向房间，眼神中尽是不满。

“他是谁?”爷爷问。

“你的好儿子!”我话语中充满了怨恨。

“哦，是那臭崽子？他还敢打你？看我怎么收拾他!”爷爷听了我的话后也生气了，他大踏步往房间里走去……

“臭崽子，你给我起来！你为什么打……”看着躺在床上的父亲那张憔悴得毫无光泽的脸，爷爷伸出的巴掌，与同时想掀被子的手突然停了下来……

“让他睡吧！他睡一觉就好了!”爷爷把手收回后，马上把我拉出了卧室。

“您为什么不打他?”出门后我问爷爷。

“他肯定在外面又遇到了不少麻烦!”爷爷紧锁着眉头答。

“他老是这样蛮横无理，为什么你们还这样护着他？为什么?”我甩开了爷爷拉着我的手，第一次对爷爷大发脾气，“要不是他，我妈妈会离开我吗？我奶奶会离开我们吗?”听我说完这话，爷爷的脸一下就耷拉了下来。我突然觉得自己犯了一个不可饶恕的错误。

我也听说过，人喝醉后的行为是发自内心的，也就是说没有任何装假的成分。虽然说他是喝醉了，可我那么卖力地把他拉回家，他对我的回报是什么？虽然他是我的父亲，可是，我原本好端端的家都是被他——这个败家的父亲给败坏了。

我想母亲！我的脑海中突然冒出一个主意：我要去北京寻找母亲。父亲在家一天我肯定就得难受一天，我真是一天也待不下去了！谁让爷爷还护着他呢！

说做就做。当天晚上我就收拾好了书包及简单的行李。

# 第三十四章　智斗人贩子

第二天是周六，不用上学。吃完早餐后，爷爷有事出门去了，而我的父亲还在床上打呼噜。我从爷爷那儿偷偷拿了五百块钱，并给他写了张纸条压在他的茶杯下，说回来再还给他。然后我来到了豆豆家附近，先把背包藏在了一堆柴火里，然后告诉了豆豆我想离家去找我母亲的事。

豆豆先是惊讶，后来他居然说想跟我一起去。“我长这么大还没有出过县城呢！杰杰，你带我一起走吧！我想出去看看外面的世界，而且，有我，你也多了一个说话的伴儿。我相信你一定能找到你妈妈的！”豆豆诚恳地说。

“你爸爸妈妈肯定不同意你跟我一起去的！”我说。

“我先不告诉他们，我给他们写张纸条告诉他们就行了。他们平时都很放心我跟着你的，这次肯定也没问题。”豆豆信心十足。

既然豆豆愿意跟我一起去北京找母亲，我自然愿意他与我为伴了。自小，我就与豆豆在一起玩耍，特别是母亲离家，奶奶去世后，除了在家写作业与睡觉的时间，我与豆豆几乎都在一起。

说实话，离开了他，我觉得就少了一份安全感。所以我真的十分乐意他能与我一起去找母亲。

我们的计划是先去县里的火车站坐火车。我们在村口悄悄地坐上了去县城的公共汽车——我与豆豆避开了大路，转了个大弯走小路来到了上车地点，我们像做贼一样生怕被人——特别是被我爷爷或豆豆的父母撞见，然后被训斥着“五花大绑”地拉回家……

我们上车之前，在村口没有被任何村民发现，上车后，全是邻村的陌生面孔，也没有任何人问我们是谁或到哪里去。售票员只收了我们的钱，然后与熟人聊天去了。好像小孩子单独坐车很正常似的。我们一路相当顺利地来到了县城火车站，亏我们还提心吊胆了几个小时。

可是在火车站，我们遇到了意想不到的麻烦。

“阿姨，请帮我们买两张去北京的火车票，时间越近越好！”排了好长时间的长队，好不容易轮到了我们。我趴在售票柜台上对售票员说，同时递上了两百块钱。

“麻烦你把身份证拿来！”售票员阿姨拿走了我手中的钱，又把手放到了窗口向我索要身份证。

“我们还没办身份证呢，阿姨。”我说。

“那你们的大人呢？难道就你们俩坐车？”售票阿姨吃惊地问我。

“嗯，就我们俩坐火车。”我回答。

“不行，没有大人带领我们是不能单独给小孩子售票的。”售票员阿姨把放在窗台上的手缩了回去，然后把我刚给她的那两百块钱退给了我。

“阿姨，你就卖票给我们吧！我们要去北京找他妈妈！”边上的豆豆也凑到窗口帮我求情。

“不行，你们回去吧！我们有规定……下一个！”阿姨对我们挥了挥手。

“前面的快一点，我们还急着赶火车呢！”后面有人喊。

我只好无奈地退出了买票的队伍。豆豆也很无奈地耷拉着脑袋，与我灰溜溜地走出了队伍。

“刚刚那售票员阿姨不是说小孩子的票要有大人才能买吗？”走着走着，豆豆来了一句。

“你的意思是我们找大人帮我们买？”我也正在想这个问题。

“嗯。可是不知道有没有人愿意帮我们买。”豆豆不确定地说……

豆豆说的主意我并不是没有想过。其实从售票员说小孩子的票必须由大人买时我就想到了。但是我担心人家害怕担责任，不帮我们买，同时还担心我们被人欺骗，如果人家拿到我们的钱不帮我们买票怎么办呢？我们手中就只有五百块钱，再说，万一遇到拐卖人口的怎么办？母亲曾对我讲过，现在虽然好人多，但坏人也不少，在公共场合，特别是在火车站、汽车站就有拐卖人口的，所以要对陌生人有所防备……

“小弟弟，你们要去哪儿呢？”正当我与豆豆在售票厅内不知道如何是好时，有人主动跟我们说话了。这人是个二十多岁的年轻人，头上戴着一顶旅游帽，上身穿着红T恤，下身穿一条牛仔裤。看上去很亲切的样子。

“我们要去北……”豆豆脱口而出，但看见我使眼色后硬是生生地把“京”字给吞了回去。但是已经晚了。

“你们要去北京啊！太好了，正好我们有两张去北京的小孩儿票想退呢。你们想要吗？”年轻人热情地说。

“小孩子的票？正好还是两张？不会这么凑巧吧？”我警惕起来，本想说“你是骗我们的吧”但没有说出口。如果人家不是骗子不就伤了和气嘛；万一是骗子的话，这样一问说不定还会引起对方的警惕。

“不相信吗？你们不会担心我是骗子吧？”年轻人笑呵呵地说，“你们看看我哪里像骗子？眼睛，鼻子，嘴巴，还是脸？你们看看，我像骗子吗？你们看看，我像骗子吗？”

听了年轻人连珠炮似的话语，豆豆看了看我，我也看了看他，但彼此都没有说话。我们心里实在没底。我倒是希望他真有两张小孩子的票，那样，我们就不用再费劲找人代买了，哪怕多点钱都可以。

“你们看看，在中心花坛边玩耍的那两个小孩是我哥哥家的孩子，旁边的妇女就是我嫂子，他们正想坐火车去北京看我哥呢，可是我哥刚打电话过来说他要回来，并且已经坐上火车了，所以，他们就不用去北京了，还得把票退了。刚才我本想去旁边的退票窗口询问退票情况，正好听到了售票员不卖火车票给你们的话。我们如果退票的话还要收取几十块钱的手续费，还不如直接转卖给你们呢。如果你们真心想要的话，我可以原价卖给你们。”年轻人滔滔不绝地说，“你们要是不信我的话，可以直接去问我嫂子或我的那两个小侄子。哦，还是直接问小朋友吧！小朋友是不会撒谎的。”

顺着年轻人指的方向，我看见两个比我和豆豆稍小一点的小男孩正待在一个中年妇女身边玩围棋，而那妇女在旁边微笑地看着他们下棋。

在公共场合玩围棋的人应该不是什么坏人。我突然之间就完全相信了年轻人并对他有了好感。刚才的戒备心完全抛到了九霄云外。

“行！那你现在就把票给我们，我给你钱。”我瞄了瞄四周，生怕有人，特别是警察注意到我们。如果警察来了把我刚要到手的票给抢走了，那我们也就走不成了。

“票在我嫂子手里呢！你们俩与我一起去拿票吧！”年轻人说。

“好吧！”我看那妇女就在火车站的中心花坛边，那里是人最多的地方，应该是安全的，于是就对豆豆使了个眼色跟着年轻人一起往那妇女与两个小孩子身边走去。

一走到他们身边，豆豆就蹲下去观看那两个小孩子下围棋。我也向他们的棋盘看了一眼。“你这步走错了，要是这样走，他再下两个子就把你的棋子全吃了……”刚蹲下去的豆豆对其中一个小男孩说。

“嫂子，小勇与小飞的票你给这两个小朋友吧！我们省得退了。他们正好要去北京，可是售票员不卖票给他们。”年轻人对中年妇女说。

“小勇与小飞的票啊，行，等等，我马上拿给你。”原本蹲着的看小孩子下棋的中年妇女站起身，去翻她随身的背包。

“糟了！票怎么不在我包里呢？……对了，票可能忘在家中的抽屉里了。怎么办？”中年妇女翻了老半天，然后皱着眉头说。

“不好意思，我嫂子说票不在她包里，怎么办？票你们还要不要？如果要的话，我还得回家去拿。”年轻人不好意思地对我们说。

“你们家在哪儿？”我问。

“就在马路对面的那个小区里，不远。”其中一个下棋的小朋友突然抬头说。

“小勇说得对，我们家就在马路对面。几分钟就能走到。要不，你们与我一起去拿票吧？正好熟悉一下火车站周边的环境……”年轻人又热情地邀请，“何况离火车发车还有近两个小时呢，一去一回的时间足够了。”

我正犹豫着去还是不去时，豆豆站起来把我拉到了一边，他在我耳朵边说：“他们可能是骗子。我妈妈曾与我说过小孩子不要轻易跟陌生人走。”

“可是他们看起来不像啊？”我也对他悄声说。

“骗子肯定要装好人呀。我刚刚看到你与那年轻人说话时，旁边的妇女一直在对他使眼色。我看他们就不像好人。刚刚我假装看两个小孩子下棋，其实一直在观察他们。他们骗得了你，可是骗不了我。我们赶紧逃吧，省得被他们骗去拐卖了。”豆豆一本正经地说。

“行!”我说完就拉着豆豆跑，也不再对那年轻人说一句话。我想，火车站到处都是人，我们要是跑了，他们总不可能明目张胆地来追我们吧？

我边跑边回头看我们刚才待的地方，我发现那两个下棋的小男孩也站了起来正望向我们逃跑的方向，那中年妇女面无表情地看着我们，而那年轻人则在那里摇头。我猜想他可能正在懊恼快煮熟的鸭子又飞了吧。

正当我与豆豆往火车站入口处跑时，后头突然传来了“不许动”的声音。一听到这声音，我的心吓得怦怦直跳，还以为是刚刚那个年轻人的同伙来抓我们了，然后我跑得更快了。“豆豆，跑快点!”我边跑边对旁边的豆豆喊。可是，一不留神，“咚”的一声，我撞在一个人的身上，由于跑得太快，突然的“急刹车”让我差点摔了个跟头。

“跑什么跑啊？”被撞的人一把抓住了我的衣领。

“你抓我干吗？我又不是贩卖人口的。”我还没来得及反抗和出声，就听到豆豆在后面大喊。我往后一看，原来豆豆也被一个人拽住了胳膊，正在极力反抗。

“你抓我干吗？人贩子在那儿呢。”我用手指着刚才的地方。

这一看才发现，刚刚骗我们买票的年轻人已经被人抓了起来，而且还被戴上了手铐，还有那个中年妇女也被戴上了手铐。那两个小男孩却不知道去了哪里，我没有看到他们的身影。

“小朋友，别怕，我们是警察。”抓我的人亮了亮他的警官证，然后又将其放回了口袋里。“我们不是要抓你们，只是想让你们别乱跑！你们这样乱跑差点影响了我们的行动。”警察面无表情地说。

“那我怎么听到你们喊‘不许动’！”我反驳。

“那是我们对那边的人贩子喊的。”警察说。

哦，原来是我们听错了，误会他们了。

“走，我们一起去那边看看！”于是，我们不由自主地跟着便衣警察来到了那两个骗子身边。不一会儿，刚才下棋的两个小男孩也被人送回来了，他们的样子极其狼狈——一个只穿了一只鞋，而另一个的T恤袖口都被撕裂了。看来他俩经过了一番挣扎。

铐住年轻人的人亮出了他的警官证。原来他们都是便衣警察。

“小朋友，安静地站在这里，别乱动，听我说话。”刚才抓住我的便衣警察对我们说道，少了抓我时的那份严肃。我看见豆豆站在一边正看着我。

这时，抓着我的便衣警察说，他们已经在火车站观察这个年轻人与这个妇女很久了，他们与其他几个人是一伙儿人贩子，专门在火车站附近骗小孩子与单纯的妇女，骗到地方后就用黑袋子把人的头一罩，然后想方设法卖到外省一些偏僻的农村，或逼迫其偷盗……

“叔叔，我和他不是人贩子，我们差点被他们骗了。”警官一说完，我就迫不及待地大声对他说。

“小朋友，我们知道。刚刚在火车站的摄像头里我们早已看得清清楚楚。”警察微笑着说。

“那你们为什么把我们也抓起来啊？何况你刚才对我还那么粗鲁！”

我有些气愤地说。

“别生气啊！”警察微笑着，“我们请你们过来，一是为了让你们明白他们是人贩子，二是要感谢你们俩。今天你俩给我们当了一回‘诱饵’，让我们快速锁定了犯罪嫌疑人，从而对他们实施了成功的抓捕。对了，小朋友，你俩为什么单独在火车站啊？你们的大人呢？”

“我与他想一起坐火车去北京看我妈妈，可是售票员不卖票给我们，后来差点儿上了人贩子的当……”我与豆豆对视了一眼，实话实说。

“好吧！现在把你们家里人的电话给我，让他们来接你们回去吧！”抓我的便衣警察对我说，“以后不要再单独出来了，小心没找到妈妈，反而被坏人给骗了……”

# 第三十五章　冰糖葫芦

当警察问我们家里人电话号码时，豆豆看向了我。我刚想说出我爷爷的电话号码，脑海中突然出现了父亲那凶神恶煞的样子——不能让父亲知道我们差点被骗的事，否则，可能又会遭到他的一顿痛打。于是，我转念说道：“我爷爷的电话正好坏了，叔叔，我们自己可以回去的，火车站那边就有直达我们村的公交车。”为了让他们相信，我还用手指了指公交车站，“您放心，我们现在哪儿也不去了，直接回家。为了保险起见，你们可以送我们到车上。”

“好吧，那你们就自己回家吧！我把你们送到车上。”警察说。

然后，警察真的把我们送到了回村的公交车上。警察向售票员与司机说明了情况，并让他们照顾好我俩，然后就走了。

可是到公交车上还没坐一分钟呢，我就想小便。我对同座的豆豆一说，豆豆说他也正憋得慌呢，想下车去厕所方便。于是，我俩向司机与售票员问明了厕所的方向，就下车了。

“快点回来啊！车马上就要开了！”下车时，售票员对我俩说。

“好嘞！”我与豆豆头也不回地边答边向厕所的方向跑过去……

一阵哗啦啦的声音过后，我全身都似乎得到了解放。

“杰杰，我们俩真的就这样回村里去吗?”在水龙头旁边洗手时，豆豆轻声问我。

“你还不想回去吗?”我问。

“难道你就想回去?”豆豆噘了噘嘴。

“嗯，我确实也不想就这样回去的。我都好久没来县城了。要不，我俩再去转转吧？”我笑笑说。

“我也好久没来这儿了，特别想吃这里的冰糖葫芦，要不，我们先去买串冰糖葫芦再走吧？”豆豆咂着嘴说。

“我也好久没吃冰糖葫芦了，那我们就去买串来吃吧，反正天还早，我们买了就回去。再说，这次回去了，还不知道什么时候才能再来呢。”我的嘴里也尽是口水了。

商量好后，我们没有直接回到车上，而是去找卖冰糖葫芦的了。

以前，母亲每次带我来县城，都会给我买串我最爱吃的冰糖葫芦。冰糖葫芦在我们县城也不常有，因为卖冰糖葫芦的总是走街串巷的，很难在一个地方停留很久。据说卖冰糖葫芦的都是北方来的人，河南人最多了。我还见过好多卖包子馒头的、修车的，去各个村子里打被子的……河南人在我的眼里总是那么吃苦耐劳。

“我与妈妈以前总在百货大楼前面的那条街上碰到卖冰糖葫芦的，要不，我们俩去那儿看看吧？”我与豆豆在大街上转了好大一阵子，也没有碰到卖冰糖葫芦的，后来我想起了以前买冰糖葫芦的地方。

“像这样转下去，公交车大概早走了吧？”豆豆担忧地说。

“没事，又不是只有那一趟车，大不了我们到时再转车回去。”我说，“我们既然出来了就一定要买到它。”

“好吧！”豆豆神情沮丧极了，“你说什么我都听你的。”

于是，我们慢慢地往百货大楼方向走去。

“冰糖葫芦——看，杰杰，那里真的有冰糖葫芦！”当我们走到百货大楼边上时，豆豆远远地看到了一辆摩托车上面支着一个像衣服架子的东西，上面插着许多冰糖葫芦。我看到豆豆的眼睛都发直了。

其实，看到冰糖葫芦的那一瞬间，我的双眼又何尝不是神采奕奕的呢。

“这个多少钱一串？”我们招手飞跑到了卖冰糖葫芦的身边，真害怕他一会儿就不见了。

“这个山楂的四块钱一串，葡萄的六块钱一串……”

“这么贵啊?”

“这还贵啊？我的算最便宜的啦！山楂新鲜，糖还多又均匀……”

“我记得上次买才两块钱一串呢?”

“上次是什么时候?”

“大约去年这个时候吧!”

“小朋友，你不知道，去年这个时候打零工一天还不到一百块钱呢，现在打零工都要两三百啦……呵呵，跟你们小朋友讲也不明白，算了，不讲了，你们俩人各来一串?”

“我要山楂的!”

“我要山楂的!”

我与豆豆异口同声。我们俩互相看了一眼，然后开心地笑了。

“好嘞，小朋友，拿好了!”

“太好吃了！我好久没吃到过这么好吃的东西了!”从卖家手中接过冰糖葫芦，豆豆就忍不住啃了一口。我最喜欢用山楂做成的冰糖葫芦，又酸又甜——是我从小就喜欢的口味，想不到豆豆也与我一样喜欢。

我想起了自己两三岁时，母亲带我来县城，我只要一看到冰糖葫芦就走不动了，非得缠着她给我买一串不行，否则我会又哭又闹的，甚至以在地上打滚做威胁，引来许多人的注目。为了制止我那“可恶”的行为，母亲每次都不得不给我买上一串。

“咦？我的钱呢？我的钱怎么都不见了?”我一手拿着山楂冰糖葫芦，一手在裤兜里找钱，可是怎么也找不到了。不知何时，那五百块钱的现金从我裤兜里不翼而飞了。我慌了神。

“钱怎么就不见了呢?”豆豆也慌了，把原本放在嘴里啃的冰糖葫芦马上拿了出来。“在买火车票的时候我还见到了你的钱呢。记得火车站的售票员还把两百块钱还给了你。”

“是啊，钱那个时候确实在的。我记得当时把钱放回衣兜里了。”我就两个衣兜，就是我穿的牛仔短裤的左右两个兜。可是我左摸摸，右摸摸，摸遍了全身也没有摸到。这时，我头上的汗水直往下流，我用手擦了擦汗水。

在我上下找钱的过程中，卖冰糖葫芦的老板双眼直直地瞪着我。

“老板，实在不好意思，您把这冰糖葫芦收回去吧。我的钱，您也看到了，我实在是找不到了。”我把手中的冰糖葫芦塞给了卖冰糖葫芦的老板。

“杰杰，这怎么办?”豆豆把他已经吃了一颗的冰糖葫芦伸到我的面前，“这串我已经吃了一颗……”

“老板，实在对不起!”看到豆豆手中的冰糖葫芦，我异常尴尬。“您把这收回去？还是我们……”

“算了，你们拿去吃吧!”老板天籁般的声音传到了我们的耳朵里，“我能看出你们俩是好孩子，没骗我。”

“谢谢老板！您真是个大好人!”我与豆豆千恩万谢。我们真担心自己走不了了，想不到会碰到一个如此大方的好心老板。

卖冰糖葫芦的老板是一个三十多岁的中年男人，平头，红色T恤，牛仔短裤。黝黑的脸，看上去饱经风霜，与他的年龄有些不符。

“不用谢了！其实我本来也有一个像你们一样大的儿子，只是……”老板的神情一下落寞起来。

“怎么啦？您的儿子……”我和豆豆又是异口同声。

“我是河南人，我的儿子五年前被人贩子拐走了，这些年，我就边卖冰糖葫芦边在全国各地找我的儿子……”老板悲伤地说。

“啊!”我与豆豆吃惊地四目相对。真想不到我们会遇到一个寻被拐孩子的父亲。于是，我们把自己刚刚在火车站的遭遇告诉了他。

“我的孩子也是当年在火车站被人贩子拐走的。那年腊月我带他在火车站售票窗口买火车票准备去他湖北的外婆家，当时他就在我的边上玩耍，那时售票厅人山人海的。当我好不容易排队到售票窗口买好票，回头找他时，再也找不到了。”老板说。

“售票厅不是有摄像头吗？”我关切地说。

“售票厅是有摄像头，可是当时买票的人实在是太多了。我的儿子当时只有五岁，在人群里根本看不到……”老板神情沮丧极了，“警察们只是从售票厅外的一个摄像头那里看到一个戴着口罩，衣服异常宽大的旅客，可是这个旅客出走廊后再也找不到了，至少到目前为止再也没有找到他的蛛丝马迹。我的儿子也从此消失了……”遇到“同病相怜”的人，卖冰糖葫芦的老板对我们讲述了他儿子五年前失踪的经过。

“你们赶紧回家吧，不要单独在外边乱跑了！”老板又给了我一串冰糖葫芦，“吃吧！叔叔送给你们的。”

告别了卖冰糖葫芦的老板，我与豆豆感慨万千。

“我们赶紧到公交车上去吧，否则它就走了！”豆豆边吃冰糖葫芦边说。

“你别当乌鸦嘴啊！我们快走吧！”我像猪八戒吃人参果一样啃了一口冰糖葫芦，也没来得及品味儿，就与豆豆赶紧往公交车的方向快步走去。

当我们走到停公交车的地方时，那里空空如也。

“你真是名副其实的乌鸦嘴！”我瞪着豆豆。

“它走了你还真怪我啊。”豆豆觉得很委屈。

“不怪你不怪你！我说着玩的，呵呵，别当真哦，我们哥儿俩是什么关系啊，对吧？”我伸出小拳头对豆豆说。

“对，我们是铁杆儿好哥们儿，有福同享有难同当的。”豆豆咧开嘴笑了，同时也亮出了他的小拳头。

我俩不记得是在何时商定用亮拳头的方式表示和解和加强团结的。

“现在怎么办呢？我们又一分钱也没有了。”豆豆问。

“刚刚还在想能否坐回村的公交车，可是今天这唯一的直达公交车已经走了……我有什么办法呢？”我无可奈何地说。

“说实话，我刚刚也在想呢，虽然我们没钱，但我们可以坐到村口时向村里人借钱交车费，现在车走了，我们再坐其他车转车的话，售票员可能就不会相信我们了。我们不可能再碰到卖冰糖葫芦大叔那样好的人了。”豆豆说完后蹲坐在旁边的护栏墩上。

“是啊，那我们该怎么办呢……要不？我们走路回去吧？”我突然说。

“走路？”豆豆的眼珠子都快掉出来了。“我无语了！”

“就走路怎么啦！我记得我爷爷讲过，他们那一辈年轻时都是走路来县城的。也用不了多久。”我说。

“多久？”豆豆问。

“两三个小时吧。走得快就两个小时，慢也就三个小时。”我说。

“三个小时的路啊！恐怕腿都会累得断掉了。”豆豆有些气馁。

“你害怕啦！”我故意激他。

“谁怕谁啊？走就走吧，总之最多也就三个小时。”豆豆声音突然高起来。这小子最受不了别人激将。只要有人激他，平时不敢做的事他都敢做。

“好啊！那就快走吧！”说完我就拽着豆豆的胳膊往村子的方向走去。

“对了，杰杰，别急！我们走小路还是大路？”豆豆甩开了我拉他的手问。

“当然是小路了！大路的话至少要多走双倍的路程！那我们走到天黑也回不了家。”我平静地说。

“走小路，你识路吗？”豆豆担心地问。

“当然不识路了。”我说。

“不识路你还要走小路？”豆豆怀疑地问。

“我们不认识路，但我们有嘴会问路啊！”我笑笑说。

“好吧，真服了你了！”豆豆听了我的话简直无语至极。

“放心吧，伙计，绝不会让你迷路，也没有人会拐骗你！”我拍了拍他的肩膀开玩笑地说。

“走吧，别耍嘴皮子了！要问路你去问。”豆豆翻着白眼。

“好吧！我们快走，现在应该快十一点了，走快点儿，说不定我们还能在下午两点之前赶回家呢！”我催促道。

# 第三十六章　水库

说走就走。

我记得爷爷说过，我们村在县城的东边。所以，我们只要往太阳升起的方向走就行。

在县城里，方向特别好认，因为房子一般都是坐北朝南，绝大多数的马路不是东西走向，就是南北走向。何况以前我与父母来过县城许多次，县城的路基本都熟悉了，更别说出城的路了。不到二十分钟，我与豆豆就来到了县城的东郊。

以前，我坐父亲的车来县城时，为了省时省油，父亲大多走的都是小路，那是村民们自己摸索出的到县城最短的距离——这路也是以前爷爷他们年轻时走的大致路线。这小路，我也大多都是记得的。

在县城的东郊，在宽阔的四车道的国道上，我带着豆豆向右拐进了一条三米多宽的土路。当时，正好有一辆大卡车迎面开过来。我与豆豆没来得及避让，那扬起的灰尘一下就把我俩“卷”了进去，我俩只得赶紧捂着嘴巴鼻子靠边再靠边。但是，不管我俩靠得有多远，我都感觉那大卡车好像真的要把我们卷进它的车轮下了，当时，我的心一下子提到了嗓子眼儿。

“憋死我了！”看着那带着满地灰尘像龙卷风一样迅速失去踪影的大卡车，豆豆终于把捂着鼻子与嘴巴的手松开了，并大口大口地喘了一阵子气。

“真倒霉，吃了一肚子的灰！”我也松开了紧捂着嘴巴和鼻子的手，与豆豆一样大口喘着粗气。

为了避免同样的情况发生，我们快速走过了那段土路，接着，我们就来到了用水泥铺就的村级公路。我们这一带小山头比较多，当时修建公路时，为了减少成本，也为了方便大众，公路一般都绕着这些小山头或从村里房屋建筑多的地方过。

路上偶尔有一两辆车子经过，有时候好长时间也不见车的影子。我与豆豆就那样在路上走着，彼此之间有一搭没一搭地说上几句，我那时心里冒出一个可笑的想法：那时的我与豆豆，就像两个刚认识且忙着赶路的人，偶尔搭讪一下而已。我知道，其实人与人之间，再熟悉的关系，即使亲如母子兄妹，也需要适当的沉默与距离来增进感情。

走着走着，我们又来到了一处绕着小山头而行的公路前。

“这一路绕行，我们不知道多走了多少路，要是能直走就好了!”豆豆望山而叹。

“我知道这里有一条羊肠小道能穿到山的那一边！豆豆你敢不敢走?”我问他。

“杰杰，你今天是不是把我当成三岁小孩子了?”豆豆突然生气地说。

“咦？怎么生气啦？好啦！走吧！我才是三岁小孩子，好不?”我笑着拉着他的手就往一人多高的茅草中走去。

三年前，父亲开车经过这里，我下车方便时偶然发现了这里的秘密：在一人多高的茅草深处，有人经过的痕迹。因为好奇，我硬是拉着父母走到了茅草深处，然后来到了一个水库的堤坝处。当时因为下过雨没几天，水库里有大半塘的水。清幽幽的水倒映出小山与小山上的树。清风吹来，山与树的倒影在水中荡漾着，水中偶尔有水鸟经过……那情那景，真是让人心旷神怡。那一次，我与父母还在那里留了影呢。后来我还曾吵着让父亲带我来这里钓鱼……

我边扒拉着茅草与灌木，边与豆豆讲着往事。我期待着神奇的一幕在我的眼前出现。

当我们抓着斜坡的灌木与杂草，狼狈地走上水库的堤岸时，眼前的景象真是让我们大开眼界。

水库里的水虽然没有上次来时的多，可是也到了堤坝的中部。堤坝上绿草茵茵，水库中绿水倒映着青山，水面微波荡漾，偶尔有鱼儿跳出水面，而堤畔稻浪翻涌，好一派丰收的景象……我好久没见过这样的画面了，好像自己置身于世外桃源中，已不知天地与时间。

我们躺在堤坝的绿草地上，抬头仰望着蓝天白云。虽然临近中午，炎炎烈日当空，但我们一点儿也感受不到空气的炙热，只觉得有凉风袭来，舒爽极了。

我记得母亲当时对我说："应该感谢现在这个社会。"我记得爷爷奶奶也说过这话。于是问母亲为什么，她说因为现在许多人都离开农村，使得人对自然的破坏没有原来那么严重了，比如村子里的小鸟多了，树林里的野生动物多了……可她当时的话却遭到了父亲的反驳，为此他俩还争执了起来，具体争执了些什么，我因为当时只关注风景，也就没有在意。

躺了一会儿后，为了赶时间，我们恋恋不舍地站了起来。

我极目远眺。我的心情瞬间跌到了谷底——不仅仅是失望，而且极其震惊。

水坝的下面本是良田百顷，可是现在绝大多数都荒芜着，和这堤坝上的小路一样成了杂草的天堂。

田地在我的眼前慢慢地荒芜，平时我并没在意，可是这次，我内心真有些接受不了——我真希望自己眼前还是水稻飘香、黄金满地的百顷良田。

"耕种田地的成本太高，大家都出去打工了，现在越来越多的地都荒了。"豆豆好像在自言自语。

"是的，现在做什么都比种地要划得来，许多人都走出了这山窝窝。但我爷爷奶奶和妈妈都说，大家是应该感谢这个社会的，因为现在即使不种地，只要有双勤劳的手，做什么都赚钱，不愁吃不愁穿……"我看着远处的层峦叠嶂说。我好像猜到了他们那天在这里争吵的大致内容了。

“走吧！别看了！我饿啦！再不走就没力气走路了。”豆豆在一旁催促着我。

我心事重重地走下了堤坝，与豆豆沿水库旁的小路往山对面走去。

# 第三十七章　抓野兔

小路上也是杂草丛生，显然很少有人走过。不过在路上偶然能看到有人丢下来的烟头、烟盒或塑料袋之类的，这说明还有人知道这神仙一样的地方。

“也许有人来这儿钓过鱼。”豆豆突然说。

“这确实是一个钓鱼养生的好去处。”我附和着。

“我要是村干部，我就要把这儿发展成钓鱼爱好者的天堂，在家坐着收钱。”豆豆笑着说。

“看来你还蛮有经济头脑的嘛——不过，我真不想让这水库成为钓鱼场。”我黯然。

“为什么?”豆豆吃惊地问。

“你没看见吗？偶尔有人来钓鱼都有那么多的垃圾留在这里，如果人更多，那这里不就成了垃圾堆了吗？我们下次哪还有机会看到这样美丽的景色呢?”我不知道何时生出许多的担心。大家的环保意识还是有待提高的。

“也是，你说得有道理。还是让它闲着好了!”豆豆也变得心事重重了。

于是，我俩再也不说话，只剩下鞋子嘎吱嘎吱踩着杂草与石头疙瘩的声音。

我前一阵子帮爷爷放羊时，听村干部的妻子——我的一个远房堂婶说过：也许不久后我们这里的地就会被一些创业的大学生或有志青年承包用来种水果或栽中草药。我还真的希望这些大学生们早些到来，让我们的家园不再荒芜，在春天有着繁花与绿草，在秋天硕果累累，井然有序中充满着生机。时间会让一切变得越来越好的，我相信。

“兔子！”走在前面的我突然停住脚步，后头的豆豆没反应过来，一头撞在我的身上。

他要是撞得再重一点，我俩就都有掉进水库的危险。还好，我站得比较稳，再加上他撞在我身上的同时，我抓住了一棵长在小路旁的小树。

“哪里？兔子跑哪儿去了？”豆豆刚稳住身子，也顾不上刚才的惊险问。

“那儿，刚钻进那里的茅草堆了！”我伸手往前指着。

“我们去抓它吧？”豆豆兴奋地说。

“好啊！”我也突然兴奋起来，全然忘记了自己刚刚的心事。

前面四周都是比我俩要高出许多的茅草。

我们小心翼翼地拨拉开挡着我们视线的茅草，并蹑手蹑脚地往前移动。

“在这儿！在这儿！”当我轻轻地拨开面前有些厚实的茅草时，我突然又看见了刚刚那只逃走的兔子。

“快抓住它！”豆豆从我后面急转过来。

豆豆声音还没落，我已经急蹲下身子，双手向小兔子扑去……

可是我扑了个空！小兔子从我的手边溜走了，我只触摸到了它异常光滑的小尾巴。

“往那边跑了！快追！”我遗憾地大声说。

“兔子前面腿短，往上跑得快。我爬上去，你在下面堵！说不定我们就能把它抓住了！”豆豆出计。

“好！看不出你还有这一手。”我吃惊地看着豆豆，大有“士别三日，当刮目相看”之感。

“我爸爸教我的，以前我与他一起逮过野兔。”豆豆边快速地拨拉着茅草，边往上爬。上面是一道埂，应该是以前有人在那里开山种地留下来的。

“我又看到它了，你在那儿别动，我把它往下赶!”豆豆轻声对我说，并且用手做着往下赶的姿势。

我用手做了一个 OK 的手势!

“它往你的左边下来了……”豆豆急喊。

我来不及回答豆豆的话，连滚带爬地往前冲了几步，然后脚往前一踩……我用脚踩住了兔子的身子。

“终于抓住了!”豆豆满头大汗地从埂上跳了下来，双手从我的脚下抓住了兔子。而我的后背也早已湿漉漉的了。

“它好像很痛苦的样子!”我看着小兔子红红的小眼睛好似有些难过。

那是一只灰色的小兔子。我轻轻地摸着小兔子光滑的皮毛，那感觉真的是舒服极了。

“我们把它放了吧!”我突然对豆豆说。

“为什么？我们好不容易才把它抓住的!”豆豆觉得不可思议。

“你看它这么小，也许它只是刚刚离开妈妈出来独闯天涯的‘小孩子’!”我想到了我们自己。

“好吧!”很明显，经我的提醒，豆豆也想到了自己。

我们刚刚才从人贩子的魔掌中成功逃脱!

“小兔子！回到你妈妈的身边去吧!”看着快速逃离的兔子，我在心里祈祷着。

小兔子跑到离我们大约两米远的地方时，回头看了我们一眼，就快速地钻进了茅草丛，消失在我们的视线中……

我听母亲说过，她小时候与小姨在山上砍柴时也捉到过野兔，那野兔是小姨在蕨菜丛中踩住的——今天我与豆豆竟也碰上了这样的事，情景还与她们当时的相似，难道这是在预示着什么？

# 第三十八章　探秘山洞（上）

放走了小兔子，我与豆豆站起身想喘口气。可是这一站着实吓了我们一跳——刚刚为了追兔子，不知不觉中，我们居然快爬到了山顶。

“满山都是灌木与茅草，一点儿路也瞧不见，我们怎么下去呢?”豆豆往四周瞧了瞧说。

“呵呵，看你说的，刚刚我们不是上来了吗?”我的眼中充满了笑意。

“你在嘲笑我吗?”豆豆看见我在笑，假装生气的样子。

“我怎么会嘲笑你呢？你可是我的搭档！嘲笑你等于嘲笑我自己嘛!”我收回了我的笑意，诚挚地说。

“我刚才是假装生气的，你没看见吗?”豆豆以为我真误会他生气了。

“我当然知道你没生气啦！你的这点小牛脾气我还猜不透吗？哈哈!”我眨了眨眼睛，一副很得意的样子。

“你这个坏杰杰！我绝不饶你!”豆豆说完，做了个张牙舞爪的手势，然后身子往前一纵，就撞到了我身上。

“豆豆，你干什么呢?”我还没说完，脚下一滑，随即就摔倒在茅草上，豆豆也扑在了我身上。

这回，我没有在水库边那么幸运了，我伸手没有抓到任何可抓的东西，两人只好把对方的衣服当成救命稻草，互相抓着，一起往山下滚去……

也不知道往下滚了多久，我们的身子突然开始垂直往下落，仿佛就在一瞬间，我们摔到了一处软软的地上。掉到地上的那一刹那，感觉胸口像被什么东西堵住了一样，特别难受，头也有些晕，身子骨像散架了似的。

“真是谢天谢地，终于停下来了！”我在心里想着，顺手推了推压在我身上的豆豆。

“我头晕死了……这是在哪里？我们进地狱了吗？”豆豆双手扶着我的身子坐了起来，迷迷糊糊地看了看四周说。

“也许是天堂呢！呵呵，睁开眼睛仔细看看！”我原来迷糊的脑子听他这么一说，一下就清醒起来，并对他开着玩笑。

“不管天堂还是地狱，不再往下打滚儿，终于停下来了，总比掉进水库里要好得多。”豆豆调皮地对我笑着，并眨了眨眼。

“哈哈，看来我俩的性格行为都同化得一模一样了！”我俯身大笑起来。然后与豆豆互相击了一掌。

“别笑了，我们还是看看地形再说。”豆豆神情一敛，俨然一个饱经世事的大人。

“对！我们快看看我们掉到什么地方了。”我也收起了天真爱开玩笑的性子。

我们现在所在的地方与之前的地方没什么区别，仍是厚厚的茅草，只是地面不像先前是斜坡，而是一处平地，大约有两米宽。我与豆豆正好落在这地方的中间。

为了仔细观察周围的环境，我与豆豆站了起来。

我们发现，距离我们一米远的地方地势开始斜着往下延伸，并且一直延伸到了水库；我们又抬头向上观察了一阵子，发现我们所在的平地好像是这山的正中间。

看完了上面与下面，我们又开始仔细地观察我们所在的平地了。我们突然发现：这地方与其他地方不同。

除了刚刚被我们压平的茅草外，有些地方的茅草都是斜着长在地上——看来这地方以前经常有人走动。这斜着长的茅草沿着我们的左前方一直延伸到了山脚下。

“杰杰，快看，这里还有牛粪呢?”豆豆像发现新大陆似的说。

“牛粪?很正常啊，也许前一阵子有人在这里放过牛！一会儿我们正好可以沿着这斜长的茅草下山。”我漫不经心地说。

“我怎么觉得没这么正常啊?你看，除了这里的茅草是斜着的，其他地方都不是，证明这里以前，或许应该是一个月前，经常有人来活动。有牛粪?难道真是来这里放牛?”豆豆边说边弯腰查看周边的环境。

豆豆一会儿看看这儿，一会儿摸摸那儿。我突然觉得他成了电视剧、电影中的破案人员了。而我，却全然没有理会他的这种行动。

“杰杰，快过来！”当我正看着远处荒芜的田地出神时，突然听到了豆豆有些兴奋的喊声。

“有新发现?”我应声收回了视线，走向正摸着山体的豆豆。

“杰杰，你看，这草这么短，明显是刚长的，而且这土我觉得也是新糊上去的。”豆豆边说边用手指着那只有寸把长的草与露出茅草的泥土对我说。

“你是说这土后面有情况?”我好像猜到了什么似的，但又说不出个所以然来。面对前面那堵与边上山体完全不同的两米多高的垂直山壁，我的好奇心完全被豆豆勾起来了。

“是这样的，要不，我们用脚踩踩试试?说不定我们还能找出个宝藏呢！”豆豆兴奋地说。

“呵呵，踩就踩吧！不过，我觉得你完全是看小说看多了……”我边说边与豆豆用脚去踩那直立着的山体，话还没说完，意外就出现了。

“轰”的一声响，一些石块与土坷垃落了下来。那山体居然被我俩踩出了个窟窿！

窟窿出现的同时，一股霉味儿带着一股腥味儿的污秽之气冲了出来！我的胃里顿时翻江倒海，我赶紧用手捂着鼻子离开了窟窿口，跳到了一边。我看到豆豆的动作比我还要快，他早已在离窟窿口几米外的斜坡上用手捂着胸口大口大口地喘气了。

“难受死我了！这是什么味儿?”呼吸了新鲜空气，约一分钟之后，我胸口终于好受了点儿。

“这里面肯定有个洞。只是这个洞可能就这一个出口，它被密封久了里面的气体就全混合在一起了，气体可能包括一氧化碳、氨气等许多的有毒气体，被打开的那一瞬间所存的气就钻出来了。”这时，豆豆真像个有丰富人生经历的人，“还好我们跑得快，否则，我们在那儿多待一会儿，都有可能被里面的气体熏倒。”

“一氧化碳、氨气的混合气体里面怎么会有腥味儿呢?”我若有所思地说。

“这洞是被人为密封起来的，说不定有人在里面做了什么见不得人的事!”豆豆也若有所思。

“你说会有什么见不得人的事?”我觉得不可思议。

“你想想看，前一阵子听从县城回来的人说，县里有个年轻女子被人害了丢进了垃圾桶里，谁知道这不为人知的山洞里发生过什么事呢……”豆豆真的是悬疑片看多了，说起命案来轻描淡写的。

“说那些吓人的东西干什么?这里怎么可能?离县城那么远?”不想则已，一想，我毛骨悚然，全身都起鸡皮疙瘩了。

“不是命案，那你说里面会有什么?”豆豆噘起嘴巴说。

“不要把这个社会想得那么黑暗，好不好?也许里面只是死了小猫小狗之类的小动物。”我不甘示弱。

“怎么可能只是小猫小狗死在里面?如果真是，为何要把洞口封起来?”豆豆对我的说法很怀疑。

“那你说会是什么?”我觉得豆豆分析得对。

“如果按你说的排除命案，那里面可能至少有牛啊、猪啊等大型动物的尸体。”豆豆托腮思考着，“否则不会有那么大的腥味儿。”

“牛?有可能还真有牛在里面呢!”我突然想到了明宏伯伯家的牛差点儿被偷，而爷爷背了“黑锅”，还有其他村的牛也被偷的事。

“怎么这么说?”豆豆的兴致更浓了，他捂着鼻子、嘴巴跑到了我这边。

“你还记得明宏伯伯家的牛被偷，我爷爷背黑锅的事吗?”一说起那件事，我心里就很不舒服。自爷爷离开牛场后，我心里一直想着如何给爷爷洗清罪名。

“记得，听你说过的。你还说总有一天你会给你爷爷洗清罪名的。”豆豆点点头说。

“对，说不定今天就能给我爷爷洗清罪名啦!”我的语气有些兴奋。

“你说的是你爷爷的罪名与洞内的牛有关?”豆豆将信将疑。

“是的，如果洞内的气味真是牛发出来的话。”我肯定地说。

“好吧，为了洗清你爷爷的罪名，我们进洞?”豆豆提示性地说。

“当然进洞!”我点点头，“只是……”

“你是担心里面没有光线吧？别担心，我袋子里正好有个小手电。”豆豆拿出他裤兜里的小手电，把开关打开，远远地往洞口照了照，但因为太远，又是斜着照的，也没照见什么东西。

“我们把洞口再弄大点儿再进吧？让气味儿尽量多散出来点儿，否则，我们进去受不了。”我说。

“好的。我们过去每人再踩几脚。”豆豆赞同。

说完，我们俩一前一后使劲儿地用脚踩……洞口是用泥简单糊上的，在我们脚力的作用下，干了的泥块很快塌落下来，一个约两米高的洞口出现在我们眼前。

“里面的气体应该散得差不多了吧！我们进去?”我们休息了大约十分钟后，豆豆说。看来，他的好奇心比我的还要强。

“好！你的胆子比我大，你走前面!”我把豆豆推到了前面。

“没问题!”豆豆一点儿也不推却。

豆豆勇敢地走在前面。我跟在他后面，可心脏却一直在打鼓似的猛跳个不停。

手电是豆豆爸爸晚上用来照看他们家的牛蛙用的，豆豆有时也会拿在身上玩玩儿。手电是强光手电，能照射到很远的地方，体积小但很方便。

我俩捂着嘴巴走到了洞口，豆豆用手电往前照了照。可是，在后面的我还没看清楚里面有什么，豆豆就拖着我跑开了。

“你干什么？我还没看清呢!”我甩开了豆豆拉着我的手。

“别……别看了，里面……是一大团……一大团的不知是什么东西……地上好像还有好多的血。太吓人了！”因为拖我走时豆豆松开了捂着鼻子的手，他胸口憋着一口气，当停下来回答我的话时，语气断断续续的。

“一大团一大团的？还有血？那是什么？”我越想心里越紧张，越紧张越害怕，拉着豆豆就往山下跑。“走吧！别把僵尸给招惹出来了！”

跑的过程中，因为脚下茅草滑，再加上藤条的牵绊，我与豆豆又都摔倒在地上，还好，在倒地的刹那，我俩都及时抓住了边上的灌木与藤条，所以就没有像上次那样往山下翻滚。

# 第三十九　探秘山洞（下）

“我们继续跑吧？”豆豆紧张地抬起头看了一眼山洞，然后回头问我。

“害怕！跑！”我这个时候连头都不敢回，连忙爬起来踉跄地又往山下跑去。

豆豆也爬起来跟着我一起跑。我们一口气跑下山，然后接着往大路上跑去……

“杰杰，别跑了，停下来……我们怎么又跑回刚才上山的地方了？”离开山边十来米后，豆豆突然叫住我。

“对啊！我发现了。前面的茅草处就是我们上水库的小路入口。”我停下来，观察了一下地形。

“怎么办……我们继续往村里走……还是回县城？”豆豆说话还是有些断断续续。

豆豆看来惊魂未定。而我又何尝不害怕呢？

“回县城吧！我们去公安局报案！”我往山上那看不见的洞口瞧了瞧，然后说，“不管怎么样，那洞内肯定有问题。”

“好吧！”豆豆说，“我真不希望出现其他无法想象的事情，只希望你能帮你爷爷洗清偷牛的罪名。”

当我与豆豆往县城的方向走了还不到十米时，我突然停了下来转身又往回走了。

“不去报案，想回家吗？”豆豆追过来问。

“不是回家，我是还想去山洞里面看看，看看里面到底是什么东西。”我头也不回地答道。

“不怕僵尸了吗?”豆豆追问。

“大白天的，现在又是中午了，哪儿来的僵尸？即使有，也怕我们两个大活人。何况，我只想在洞口看看。”我的脚步丝毫没有停下。

“好吧。我其实也好想看清楚里面到底是什么！刚刚实在是太仓促了，怪我太胆小，什么也没看清。否则也不会多跑这一趟了。”豆豆有些懊恼地说。

“我是在想，我看清里面的东西后，公安局的人也好备案啊，要不，我们去了说不清楚里面是什么，他们可能不太相信我们，然后也不来查这事了。”我知道，这一是我的好奇心在作怪，二是想尽可能让警察叔叔相信我们所说的事，然后来查个究竟。我是真担心他们不来，甚至对这事不管不问，只把我们当骚扰者了。

“嗯，你比我想得全面。”豆豆说这话时我们又走上了斜长着茅草的山坡。

这一次上山，我们走得比较慢。眼尖的豆豆还发现了覆盖在茅草下的牛蹄印。

“杰杰，你看，这下面还有许多乱七八糟的牛蹄印呢。”豆豆蹲下扒开茅草说。

“嗯，这蹄子印还有深有浅，有大有小呢，看来还不是一头牛，牛经过这儿也不在同一时间。”我也蹲下看了看这一路的牛蹄印。

“看来山洞里还真有可能是牛的尸体。”豆豆说。

“现在还不能完全确定，我们去看看再说。”我们寻着牛蹄印往山上走，还真来到了刚刚的洞口。

“这回我在前你在后吧，手电给我。”我把手伸向豆豆说。

“好吧!”豆豆把手电放到了我手中。

这一次，我们虽然不像上次那样害怕，可是，心里还是有些忐忑。但是我极力压住了心中的慌乱，我相信跟在后面的豆豆也是如此。

在洞口，我一手捂着鼻子，一手拿着手电，把头慢慢地往里伸……

在手电的射程内，我发现这山洞大约有十米宽，看不见尽头，洞顶是我们在外面常见的带青色的岩石，但岩石中有为数不多的下垂着的钟乳石，它们在手电的照射下显得光怪陆离……

这种手电真好，握在手里比我们平时用的钢笔没大多少，可是射程却有一二十米，所照范围宽度也有两三米，更让人高兴的是所照之处就如在太阳光下一样明朗清晰。

“看清楚什么了吗?”豆豆踮起脚尖把头伸过我肩头问。豆豆年龄虽然与我一般大，可是身高却矮我半个头。

“嗯，你看地上的那些大团大团的东西像不像牛头?”我睁大眼睛盯着地上那些带着血污的不规则物体说。

“我看有点像，不过，怎么没角啊?”豆豆狐疑地说。

“嗯，我也正怀疑这点呢。要不，我们进去看看?”这次我回头问他。

“进去就进去，这回我肯定不害怕了，何况里面也没什么恐怖的东西。”豆豆语气坚定。

“好，那我们进去吧，你还是跟在我后面。”说完，我就抬腿跨了进去。

洞内的气味儿通过洞口已经散去了许多。在洞口待久了，进入洞内后，也就适应了里面的气味儿，不知不觉中，我们都把捂着鼻口的手放了下来。在手电强光的照射下，我们很快就来到了洞中。

洞内许多地方都有一摊摊已经凝固了的血迹，那些形状不规则的东西确实是牛头，可是为什么要把牛角去掉，而不要牛头呢?豆豆说，可能是杀牛者喜欢牛角，不喜欢牛头。可是具体是什么原因，我们现在都不得而知。里面一具牛的躯干也没有。也许他们拿去卖掉或吃了，我们想。

确定好是牛头后，我们又往洞里走了走。走了不到十米，我们听见了缓缓的流水声。循声而去，我们很快看见了一条窄窄的地下溪流，但是溪流在前面不远处转入了石头缝，进而钻入了地底……

“我们出去吧，杰杰，我饿了！”我本想继续向前探索，但豆豆拉住了我。

“好吧！我也饿了！我们出去找点东西吃。”豆豆一提饿，我觉得我的肚子也开始咕咕叫了。

走出洞口，我们直接朝县城的方向走去。在路边，我们看到了一户人家院墙的葡萄藤上垂着淡黄色如水晶般成熟的葡萄。

“我们讨要几串葡萄吃吧？”豆豆建议。这也正合我意。

当我们往院门口看时，却被院子里的犬吠声给吓了一大跳。还好，那院门是关着的，狗在院子里跑不出来。我们对着院子喊了几声：“有人吗？”可是一直没人出来回应我们。

实在饿极了，渴极了，于是，我们踮起脚，伸手在葡萄架上摘了几串葡萄下来。心里说了好几声“对不起，我们不是故意的”！本想先向主人讨要的，可是却没人回应。心想，如果葡萄的主人知道我们的情况肯定会同意我们摘葡萄吃的。

葡萄既能解渴又能填饱肚子，真是一举两得。填饱肚子后，我们放开脚步往县城走去。不到半小时，我们就来到了离郊区最近的县城公安分局，向警察汇报了情况。

“我们正为好几个村子养牛户丢牛的事头疼呢，你们就给我们提供了可靠的有用信息，真是谢谢你们了！”警察很高兴我们给他们提供了情报。

“对了，谭杰与谭豆豆，你们先别走，你们家人正在到处找你们，刚才我们接到火车站公安分局的电话，你们家人现在正往这儿赶呢！你们在这儿等他们就好了。”当我们转身想走时，警察叫住了我们。

原来，在我们准备去北京的这大半天时间里，爷爷找不着我，后来拿着我留下的字条找到了豆豆父母，然后又找到了村主任，大家商议如何把我们找回家。于是，他们求助火车站的民警，问询售票人员，然后在火车站调取摄像资料，看到了我们与人贩子周旋的整个过程……当便衣警察叔叔刚把我们送上公交车后就接到了火车站警务室打来的电话，而那时我们去上厕所了，后来又去买冰糖葫芦……

我想，如果爷爷他们的电话哪怕再快一点点，也许就没有我们走路回家的途中所有的经历了。不过，如果没有这次的意外经历，爷爷的“黑锅”也不知道何时才能洗清了。

回到家后，因为我与豆豆晚上都做了噩梦被吓醒，第二天，爷爷就帮我与豆豆“修家”了。

“修家”就是安抚那些被吓到的人，村里有人被吓到了，请爷爷“修家”时，爷爷只要在被吓到的小孩子头上摸一摸，然后吹口气，再摸摸就好了。“修家”还真有那么神奇，原来晚上啼哭或老说梦话甚至梦游的孩子，只要被爷爷的手摸一摸，在额头上吹口气，保管好。所以，村子里许多妇女都喜欢带孩子来我家请爷爷“修家”，她们来时总会带几个鸡蛋，而爷爷总不要，可她们总会执意留下，说这是应该的。

其实，我想，爷爷所谓的“修家”，应该就是类似于母亲对我的亲吻、拉手或抚摸头发等安抚动作，安慰孩子那受惊或受伤的身心。

根据我与豆豆提供的信息，不到一个星期，县公安局就破获了一起重大的偷牛案。主犯与从犯全被抓捕归案。据主犯招供，他们把牛偷到手后，就用车运到这鲜有人知的山洞宰杀，然后拉到市区一些菜市场批发给牛肉商……他们共偷了十次，有九次得手，唯一失手就是在谭村——也就是爷爷看守明宏伯伯牛场时的那一次，因为我晚上内急出门方便发现迹象而使他们没有得手。

爷爷终于不用再背“黑锅”了。

# 第四十章　向着太阳的方向奔跑

没有和母亲在一起的日子里，是母亲寄回的书与平时的电话关怀让我在农村安心成长。母亲总在电话里让我主动与父亲联系，以便消除我与父亲之间的隔阂。她给我讲了许多我小时候父亲带我玩耍及关爱我的事情。她记得最清楚的一次是在一个风雨交加的夜晚，我半夜发高烧，父亲急得像热锅上的蚂蚁，冒雨开车把我送到了市区人民医院，然后配合医生用温水帮我擦身子降温，他擦了一个晚上，直到第二天我的体温降下去之后他才打了个小盹儿，接着陪我做各种检查……

暑假很快就来了，母亲特意从北京回来把我接了过去。

我们上学学的第一首歌曲就是《我爱北京天安门》。

北京，祖国的首都，那是我自懂事以来就向往的地方。

我与母亲从家门口坐上了别人去省城的顺风车，车子在我们镇上就上了直达省城的高速，从出发开始算，到达省城火车站总共花了近两小时。我记得我与豆豆上次去县城时坐公交还花了差不多一个半小时呢。曾听爷爷说，省城与我们的距离有三百三十多公里。我与母亲从省城坐高铁直达北京西站，近两千公里的距离，也只用了近六个小时。现在的交通真是太发达了。母亲说现在坐高铁比坐飞机还方便。坐飞机有烦琐的安检手续，而坐高铁却没有。

母亲与她的闺密在北京合伙开了一家减肥店，纯中药绿色减肥，生意很好。现在的人都注重健康减肥，特别是爱美的女士们，所以想减肥的人特别多，而中药减肥因为没有毒副作用，备受人们的青睐。

母亲的减肥店生意很好，她还考虑在北京再增开一家店。这家店虽然生意好，可是有个严重的缺点——没有厨房，做饭还得在卫生间，而卫生间又高出主体房间许多，连在里面冲个澡都不方便，没有洗澡的地方，大热天也只好弄个大盆在里面洗。我问母亲为什么不选个更好一点儿的地方，至少有厨房、卫生间和洗澡的地方。母亲说北京的房租那么贵，找一个完美的地方很难，除非不计成本，可是我们只是小本经营，她也在考虑把店面移至小区里面，因为商铺的房租与水电费实在是太贵了，相同面积的房租是民住房的三四倍，而电费也是普通住房的两倍……隔壁卖酒的店和洗衣店连卫生间都没有，更别说做饭洗澡了，因为它们两家的店面都是从我们这间房里分出去的，这附近的公共卫生间离得又远，所以店员要是内急了，就方便在桶里。

“想想他们，我们可真是幸福多了！”听了母亲的话，我调皮地说。

“确实，我们要比他们方便多了。”母亲说，“在外肯定不比在家里舒服，你就将就一下，过几天就适应了。”

于是，白天做饭时，母亲她们就在卫生间开着排风机关着门做饭；晚上洗澡时，母亲就给我拿来一个大盆。那大盆平时就放在美容床下，当把它放在卫生间时，它差不多把卫生间都占满了。

由于卫生间的地势比主房高，为防止水溅出弄湿外面主房的地毯，洗澡时我都是小心翼翼的。可是，不管我如何小心，总还是有些水从门缝跑了出去……我心里着实有些不安，因为害怕合伙的阿姨不满意。但那阿姨看到却说：“没事，现在天热，明早一起来，地毯就全干了……”阿姨一边用吸尘器清理地板，一边夸我像女孩子一样心细，她说她在卫生间洗澡时比我溅出的水还多……

第二天三点半，我还睡眼蒙眬时就被母亲喊起来，说要带我去天安门看升国旗！

妈妈的店在北京通州区的一家图书馆附近，本想坐地铁过去的，可地铁要六点才开始运营，时间肯定来不及。所以母亲在北京的一个朋友就主动请缨送我们去天安门。

早晨四点的北京，天空是灰白的，路灯把整个世界照得灯火通明，各个大楼上的五彩灯光让人目不暇接。

“好美!”我情不自禁地赞叹。

“现在有些大楼的灯没开，要是到国庆或春节等重要的节假日，所有大楼的灯全开会更美!”母亲说。

“杰杰，趁现在还有时间，再休息一会儿吧，否则一会儿会犯困的!”司机阿姨说，“等会儿有更好看的东西等着你呢!”

“谢谢阿姨！我不累!”我继续看着外面的景物说。

“随他吧！小孩子不累，他兴致正高呢!”母亲微笑着说。

一路上，我就那样趴在车窗玻璃上看着外面那些一闪而过的景致，觉得这是世界上最美丽的风景了。

车子在天安门广场东侧的中国国家博物馆附近停住，我与母亲就在这里下了车，而司机阿姨则开着车回去了。

下车时，我看了看自己的电子手表，是四点三十六分，天安门广场上已是人头攒动。升旗仪式应该是在五点左右启动。听说这升旗的具体时间还经过了天文学家的专门计算，每天的升旗时间都会不同。不了解升旗时间的人百分之九十都会错过。

“我们得快点，升旗仪式就要开始了。”一下车，母亲就拉着我往最近的地下通道口快速走去。

我们带了一背包吃的东西，其中包括两瓶水。在安检入口，负责检查的大姐姐让我喝了一口瓶子里的水……当时我觉得有点莫名其妙，后来母亲说，安检的机器检查不出瓶子里装的是水还是汽油之类的液体，所以让我喝一口以确定是水，目的就是防止犯罪分子携带汽油混入天安门广场搞破坏。

当我们进入天安门广场时，国旗护卫队已经从天安门前面的桥上列队整齐地走出来，不一会儿他们就来到了升旗的地方。

看升旗的人实在是太多了，我与母亲被挤在人群中，努力踮起脚尖也看不见。我与母亲急得团团转，真担心这一趟会白来。

我们的前面有大人让小孩子骑在脖子上看升旗，还有一位叔叔让一位娇小的阿姨骑在自己脖子上看升旗仪式……

“杰杰，来，你也坐到妈妈脖子上去!”母亲对我说完就蹲下了身子。

“不！我怎么可以坐你脖子上去呢？我都快和你一般高了！你快站起来!”我拒绝了母亲的好意。

“你不坐就看不到升旗啊!”母亲坚决不站起来。

“小朋友，来，站到我的凳子上吧!”前面一位高个子的白胡子老爷爷指着他带的小板凳对我说。老爷爷看上去至少有八十岁了。

“哦，谢谢！爷爷您不用吗?”我抬头对那位和蔼可亲的爷爷说。

“看升旗当然得站着了，这凳子我暂时用不上，正好给你站着用了!”爷爷乐呵呵地说。

“谢谢大伯了!”这时母亲也站了起来，“杰杰，赶紧再谢谢爷爷!”

“谢谢爷爷！谢谢爷爷!”我说完就接过了老爷爷手中的伸缩木凳，把它铺在地上并站到上面。瞬时，我的眼前豁然一亮！我看到升旗手把国旗握在手中……

与此同时，国歌声响起，国旗被升旗手撒出了一个漂亮的弧度。我曾在某本书上看到，作为升旗手，在国歌奏响的刹那间，必须迅速有力地将长5米宽3.3米的国旗向空中撒出一个漂亮的扇形。为了做到在风速、风向等外力作用下分毫不差地撒旗，升旗手要不停地锻炼臂力，比如举哑铃、做俯卧撑等常规训练，有时一练就是一整天……

看着鲜艳的五星红旗迎着天安门东边的朝霞升起，听着国歌响起，我的右手不知不觉地升到头上，同时内心汹涌澎湃，眼中不知怎么就有热泪涌了出来……

“妈妈，你看到升旗了吗?”当国旗升到旗杆的顶端时，我才想起身边比我高不了多少的母亲来。

“看到了，看到了!”母亲高兴地说，“不仅看到了，我还拍照片了呢……哦，赶紧下来，把凳子还给爷爷!”

“谢谢爷爷!”听了母亲的话，我马上跳下凳子，用手在凳子上拍了拍灰，然后还给了白胡子老爷爷。

母亲的身高比我高不了多少，在人群中根本看不到广场上的升旗仪式，我正纳闷她是怎么看到升旗的，母亲就兴奋地给我说了原委。原来，母亲是学别人的样子，对着升旗的方向用双手把手机举高，然后从手机里看到的升旗——这不就叫现场直播嘛！虽然母亲来北京有好几个月了，可是，她也是第一次来天安门看升旗。

母亲还拍到了我手举队礼观升旗的照片，正好是五星红旗到旗杆顶部的时候。她是从我的右后方斜着拍的，我的右手手掌与头都被拍得很大，而五星红旗在我的正前方，我正抬头看着它飘扬……母亲说许多人都为我的行为所感动，而我一直只专注于看升旗，对母亲与周边群众的行为一概不知。

看完国旗的升旗仪式，我与母亲开始在天安门广场自由活动，这时我才发现广场竟然这么大。

“妈妈，天安门广场到底有多大啊?”我问。

“我也不太清楚，不过，至少有三四百个你们学校操场那么大!”母亲前后左右都看看，然后说。

“我查一查!”我从母亲手中拿过手机，打开百度输入“天安门”三个字……

我打开手机网页上跳出来的第一条信息，边看边读出来：

“天安门广场位于北京市中心，南北长 880 米，东西宽 500 米，面积达 44 万平方米，可容纳 100 万人举行盛大集会。是当今世界上最大的城市广场……”

“面积达 44 万平方米，可容纳 100 万人……哇，真是世界之最了。”母亲听后也不由得发出了自豪的笑声。

“天安门城楼坐落在广场的北端，五星红旗在广场上空高高飘扬；人民英雄纪念碑屹立在广场的中央；中国国家博物馆和人民大会堂在广场的东西两侧遥遥相对；毛主席纪念堂和正阳门城楼矗立在广场的南部。现在，每天有成千上万的人到这里参观、游览，天安门广场被评为‘新北京十六景之首’。”我边看边念，并抬头观看着天安门城楼、人民英雄纪念碑、毛主席纪念堂、人民大会堂、中国国家博物馆的具体方位。

“你们知道天安门城楼与人民大会堂哪个高吗?”突然，我听到旁边有位导游姐姐问身边的游客。

“人民大会堂!”有人说。

“天安门!”又有人说。

“它们一样高吧?”有人不确定地说。

…………

听着他们的话，我也好奇起来——到底哪个高呢?我左看右看，右看左看，总也看不出来，正在我充满疑惑的时候，只听游客说：“当然是人民大会堂高了!”

话一落，就有人马上附和：“对，人民的利益高于一切！所以人民大会堂要比天安门高!”

“是这样吗，姐姐?”我跑到导游姐姐身旁问。

“小弟弟自己琢磨吧!”导游姐姐笑着答。

让我琢磨?我怎么才能琢磨透呢?回家后我一定要好好查查资料。

我在天安门广场的各个方位都拍了照片，还让一位游客阿姨帮忙给我与母亲分别以天安门和人民大会堂为背景拍了合影，之后，我们登上了天安门城楼。

站在天安门城楼上，只见人民大会堂、人民英雄纪念碑、毛主席纪念堂等这些现代建筑气宇轩昂地矗立在宽阔的天安门广场上，庄严的布局、磅礴的气势让我心中突生自豪之情。

当我正在天安门城楼上与母亲尽情欣赏美景时，我突然听到身边的一位哥哥唱着：“……我向着太阳奔跑，梦想在心中萦绕，就算偶尔跌倒，都不重要，我用我的汗水向明天问好……”歌词朗朗上口，阳光励志，一下就抓住了我的听觉神经。我走到那位哥哥面前，问：“不好意思打扰了，哥哥，你唱的歌太好听了，请问这歌曲叫什么名字?”

“谢谢弟弟夸奖！我刚唱的这首歌叫《向着太阳奔跑》，是一个和我们差不多大的学生梅占峰唱的，觉得很好听，我就从网上下载下来，拿来学唱了。”那哥哥很得意地说。

“谢谢哥哥，回头我也从网上下载下来学唱，这歌真的很好听!”我说。

从天安门城楼上下来，我就从母亲那儿要来了她的手机，然后搜索了“向着太阳奔跑”这几个字，很快几千条相关的结果就出来了。我点开了带歌词的音乐盒试听了下，正合我意，但不能下载，只好作罢。待回到母亲的店后，我用母亲的电脑又打开了歌曲，并用手机把歌声录了下来，有空就听。

《向着太阳奔跑》这首阳光励志的歌曲展现了一个阳光帅气的少年，不怕挫折、积极向上的精神。这精神，不正是我要追求的吗?

我想，回去后，我要把这首歌教给豆豆唱，教给我们村其他的小朋友唱，教给我们班的同学们唱。每个少年都需要这种不怕挫折、积极向上的精神！我一遍遍地念着它的歌词：

花儿醒了
还有那
睁开蒙眬睡眼的小草
鸟儿叫
像在树上唱着歌
I smile
I smile
连天边的太阳也对我微笑
云朵想要
伸懒腰
在蓝天上跳起了舞蹈
四处飘
就像可爱棉花糖

I smile
I smile
小小的我感叹世界的美好
我向着太阳奔跑
梦想在心中萦绕
就算偶尔跌倒
都不重要
我用我的汗水向明天问好
我向着太阳奔跑
让我为自己骄傲
就算偶尔跌倒
都不重要
我用呼吸感受世界的心跳
我向着太阳奔跑

# 第四十一章　父亲受伤

我在北京待了一个暑假，其间，母亲抽空带我玩遍了整个北京城。那些景点，其实母亲也是第一次去。这个暑假是我过得最充实、最有价值的一个暑假。

在北京待的这段时间，我与母亲也会偶尔聊一下父亲，但只是偶尔而已，因为许多次，当说到关于父亲的事时，她一般都避而不谈。每次，我也懂事地配合她。但是我们都知道，父亲在一个陌生的城市，一个陌生的建筑工地，从泥工干起，由于他工作出色，很快就又当上了工地小组长。对于父亲的表现，母亲一直没有什么表示，只是在一次谈话中，我听她说了一句：算他有骨气！

假期快结束时，母亲正准备买票送我回家上学，却接到了爷爷的电话。那天上午母亲恰巧将电话开了免提。

"静啊，你什么时候送杰杰回来啊？"从电话里，我听到了爷爷孤独、苍凉又悲痛的声音。

"爸，我正准备订票呢，就这两天吧……爸，听你声音不对，家里有事吗？"母亲的声音有些紧张。

"倒是没什么大事，只是……只是今天一个老乡打电话给我，说杰杰他爸爸在工地受伤了……"爷爷的话说得遮遮掩掩的。

"爷爷，我爸爸哪儿受伤了？"我急忙抢过了母亲的话头，担心地问。

"听老乡说，你爸爸从工地六米高的架子上摔了下来，还好，没有生命危险，只是大腿摔骨折了。老乡说，工地老板拒绝给你爸爸治疗，说是你爸爸自己没系安全带掉下来的，可工地的工友却说你爸爸明明系了安全带，你爸爸掉到地上时，工友中有人在现场，他们看见你爸爸的身上系有安全带的，他们还查明了是工地的架子本身没安牢固，而且那架子的管道本身质量就不好。当时为了隐瞒事实，老板还想给他们封口费，可是他们能轻易被封口吗？他们害怕下一个受伤的就是自己，所以集体与老板对抗，甚至还罢工了几天……现在是工友们轮流在医院照顾你爸爸，他们希望我们家里能至少去一个人……”爷爷不紧不慢地说。

挂断电话后，母亲马上在网上订购了当天下午回家的高铁车票，并安排了店里的各项事宜，收拾好行装。我们坐上了下午三点多从北京西站南下的高铁，晚上不到十二点，我们就回到了家。而第二天早晨五点多，母亲又出发坐上了去广州的火车……

几天后我们得到消息，经过母亲与工地老板的谈判，工地老板已经愿意出资帮助父亲治疗，并支付一定的赔偿金。

半个月后，母亲带着右腿打着石膏的父亲回来了。

放学回家，我看到了正在厨房里忙碌的母亲，又看到了正躺在沙发上看报纸的父亲……那一刻，不知道为什么，我眼里的热泪翻滚个不停——这不就是自父母离婚后，那么多次在我梦里出现的情景吗？

于是，在父亲在家养伤母亲在家照顾父亲的这段日子里，我每天都快乐得像树上欢唱的鸟儿，像水里畅游的鱼儿……

“妈妈，您还回不回北京？”那天晚饭后我与母亲坐在院子里乘凉，我边拿一把大蒲扇给她驱赶蚊子，边轻声问。

“杰杰，北京，妈妈当然是要回的，因为那里的生意是我们全家继续过下去的支撑，你懂的，我不能放弃。”她说。

“妈妈，豆豆的爸妈现在很少吵架了，豆豆天天快乐得像个王子，我……我要什么时候才能成为像豆豆一样的孩子呢？”我试探着问。

“杰杰，现在你爸爸受伤了，相信他很快就会好起来……不管以后我与你爸爸关系如何，你都要知道，妈妈是永远爱你的，即使我在北京，我也会天天想你。同时，我相信你爸爸也是爱你的，只是我们表达爱的方式不一样而已，你可以多站在他的角度上考虑一下你俩的关系，何况，俗话说‘虎毒不食子’呢。我想清楚了，到年底，我会把北京的店全交给你阿姨管理，然后我就回到我们市区来开店，这样，你天天起床时，天天放学回家后都能看到我……”母亲微笑着说。

“妈妈，真的?”我兴奋得手舞足蹈。我仿佛又看到了自己在房间做作业、母亲也在看书学习的情形，同时，眼前浮现出以前父亲生意忙时经过学校，悄悄来学校看我一眼后又匆忙离开的情景，还有小时候我骑在父亲脖子上玩耍的情景……

“当然是真的!”母亲的眼睛里也闪着亮光。

# 第四十二章 尾声

年底，母亲在市区开了家绿色减肥店，招了几个员工，生意非常红火。我记得开张那天，村里还特意去了锣鼓队祝贺。爷爷与我一起拿出了唢呐，合吹了一首热情欢快的《百鸟朝凤》。唢呐声中，有燕子、布谷、画眉、百灵等鸟儿的叫声，还有公鸡的啼鸣，声声入耳……吹着，吹着，我看见刚才还里里外外忙个不停、这会儿特意来听我们吹唢呐的母亲，不禁再次热泪盈眶，趁歇气的空当，我悄悄地转身用手擦了擦眼睛……

父亲伤好后回到了市区，以实力应聘，担任了某建筑公司的副总。他说，是母亲的善良与宽容让他终于又找回了原来的自己。

桂香婶婶的小儿子后来检查出得了先天性心脏病，她怪是自己不怀善心惹来的祸根，是老天爷对她的惩罚，而影儿的妈妈后来生了个男孩。影儿的舅舅在省城某大医院当心脑血管科的主治医生，影儿妈妈帮助桂香婶婶带他的小儿子在那里看病。桂香婶婶孩子的病情很快得到了控制，比在其他医院治疗省了一大笔钱。自此，桂香婶婶终于低下了自己高傲的头，与影儿妈妈和好如初。

母亲在市区贷款买了一套房子，而市实验中学就在我家的楼下。从我家的阳台上，我能看到实验中学的教学楼与操场全貌。小学升初中，我如愿进入了市实验中学，每天上学放学，我都能看到母亲那微笑的脸庞。

巧合的是，豆豆又与我同班，我俩还像过去那样形影不离。据说他家的精品牛蛙已经销往全国各大饭店，他家的小面包车也已经换成了奔驰。

一天课间休息时，豆豆悄悄告诉我：“杰杰，听说虎伢仔现在已经脱胎换骨了，他精神焕发地回到了村里，然后到某技校学开挖掘机去了，而且是被推荐去的……”